dtv
premium

Ausführliche Informationen über
unsere Autoren und Bücher
www.dtv.de

Denis Thériault

# Die Verlobte des Briefträgers

Roman

Aus dem Französischen
von Saskia Bontjes van Beek

dtv

Von Denis Thériault sind bei dtv außerdem erschienen:
Siebzehn Silben Ewigkeit (21701)
Das Lächeln des Leguans (24823)
Mich gibt es nicht (24947)

Deutsche Erstausgabe 2017
dtv Verlagsgesellschaft mbH & Co. KG, München
Die Originalausgabe erschien 2016 unter dem Titel
›La fiancée du facteur‹ bei Les Éditions XYZ, Montreal
© 2016, Les Éditions XYZ inc.
© der deutschsprachigen Ausgabe:
dtv Verlagsgesellschaft mbH & Co. KG, München
Umschlaggestaltung: Wildes Blut, Atelier für Gestaltung,
Stephanie Weischer unter Verwendung
eines Fotos von Trevillion Images/Irene Lamprakou
Gesetzt aus der Berkeley 10,7/14,75
Satz: Greiner & Reichel, Köln
Druck und Bindung: CPI – Ebner & Spiegel, Ulm
Gedruckt auf säurefreiem, chlorfrei gebleichtem Papier
Printed in Germany · ISBN 978-3-423-26164-7

# 1

In der Rue des Hêtres standen vor allem Ahornbäume.
Buchen, wie der Straßenname sie ankündigte, waren
nur ganz vereinzelt darunter. Diese denkbar unpassen-
de Ortsbezeichnung war Tanja gleich aufgefallen, ohne
dass es sie allerdings weiter beschäftigt hätte. Trotz dieser botanischen Ungenauigkeit besaß die Straße großen
Charme: Die bunten Fassaden, eigenwilligen Giebel
und zahlreichen Außentreppen verliehen dem Viertel
Saint-Janvier-des-Âmes eine besondere Note. Tanja ging
auf ihrem morgendlichen Weg zur Arbeit gern durch die
Rue des Hêtres. Sie war Kellnerin im »Madelinot«, einem einfachen Restaurant an der Ecke zur Rue Sainte-
Gudule.

Es war Sommer in Montreal. Nie wieder würde das
Wetter so schön sein wie in jenem August, als Tanja drei-
undzwanzig Jahre alt war.

~

Vormittags war im »Madelinot« gewöhnlich kaum etwas los, aber sobald es auf Mittag zuging, füllte sich das Restaurant schlagartig. Dann stellte Tanja ihr ganzes Talent unter Beweis. Um Punkt zwölf Uhr kam ihr großer Moment: Nun wurde sie zur schnellsten Kellnerin nördlich von Mexiko. Zwei Tagesgerichte für Tisch vier; zwei Poutines und eine Pizza Hawaii für Nummer sieben; einmal chinesische Nudeln an der Theke; ein Tomatensandwich für Monsieur Grandpré an Tisch zwei ... Tanja setzte alles daran, die hungrigen Mäuler mit zuvorkommendem Eifer zu stopfen, aber damit war es noch nicht genug. Sie ging weit über die Anforderungen ihres Jobs hinaus, ja schien den Ehrgeiz zu haben, den Berufsstand der Kellnerin zur Kunst zu erheben. Man musste sie gesehen haben, wie wendig sie sich, mit Geschirrstapeln beladen, federnden Schrittes zwischen der Küche und den Tischen bewegte. Wie sie, geschickt mit Tellern und Gläsern jonglierend, bereits den Tisch gedeckt hatte, noch bevor sie die Frage »Hätten Sie gern die Karte?« ausgesprochen hatte, um dann leichtfüßig wie eine Gazelle hinter die Theke zu springen und mit sicherer, anmutiger Bewegung Kaffee einzuschenken. Wenn man Tanja bei der Arbeit zusah, hatte man den Eindruck, ein akrobatisches Ballett zu erleben, das von den Kaugeräuschen und dem Klirren des Geschirrs akustisch untermalt wurde. In der gastronomischen Geschichte Montreals hatte man wahrscheinlich noch nie eine so aufgeweckte, strahlende Kellnerin bei der Arbeit bewundern können. Tanja wurde immer wieder gefragt, wie sie es nur anstelle, so umsichtig zu sein, ohne je ihre gute Laune zu verlieren. Mancher erklärte sich ihre ungewöhnliche Leistungsfähigkeit mit ihren deutschen Genen – schließlich stammte Tanja aus Bayern. Sie war in der Nähe von München aufgewachsen, wie noch immer an ihrem leichten Akzent zu erkennen war. Andere hegten den Verdacht, dass sie über magische Kräfte verfüge oder die angeborene Gabe besitze, überall zugleich zu sein. Darüber konnte Tanja nur lachen. Die Erklärung war ganz einfach: Tanja liebte ihren Beruf. Sie mochte die Atmosphäre im »Madelinot« und respektierte die Gäste, sah es geradezu als ihre Pflicht an, diese zufriedenzustellen.

Tanja war fünf Jahre zuvor nach Montreal gekommen, um dort zu studieren und ihr Französisch, die zweite Fremdsprache, die sie im Gymnasium erlernt hatte, zu vervollkommnen. Der eigentliche Grund war jedoch ein junger Mann, den sie über das Internet kennengelernt hatte. Von ihm war sie enttäuscht gewesen, aber die Stadt gefiel ihr, weshalb sie beschlossen hatte zu bleiben. Tanja hatte keineswegs vor, ihr Leben lang als Kellnerin zu arbeiten. Eines Tages würde sie wohl ihr Studium abschließen, das sie aus Überdruss unterbrochen hatte. Doch bestand kein Grund zur Eile: Ihrer Arbeit im »Madelinot« verdankte sie vorerst das wohltuende Gefühl, innerlich ausgeglichen, im Einklang mit dem Universum zu sein.

~

Tanja wohnte in einer ruhigen Straße im Stadtteil Villeray. Ihre Wohnung war klein, aber behaglich, in warmen Farben gehalten und mit einem Kamin ausgestattet. Tanja verbrachte dort angenehme Abende, las Romane, sah sich Filme an und hing in aller Ruhe ihren Träumen nach. Nur am Samstagabend ging sie aus – mit Noémie, ihrer einzigen Freundin. Aber selbst ihr hatte Tanja trotz ihres engen Verhältnisses noch nicht das große Geheimnis anvertraut, das sie seit dem Frühjahr insgeheim jubilieren ließ: In ihrem Leben gab es einen Mann.

Tanja war heimlich verliebt.

# 2

Er kam Tag für Tag um Punkt zwölf Uhr in seiner makellosen Briefträgeruniform zur Tür herein. Er war groß, eher hager und nicht wirklich gut aussehend, doch sein sanfter Blick und sein verhaltenes Lächeln ließen Tanjas Herz höher schlagen. Er hieß Bilodo.

Er wusste nicht, dass Tanja in ihn verliebt war. Er war genauso schüchtern wie sie, wenn nicht sogar noch eine Spur zurückhaltender.

Tag für Tag also tauchte er um zwölf Uhr mittags auf, ganz gleich bei welchem Wetter, und Tanja, die selbst stets pünktlich war, gefiel diese Zuverlässigkeit. Er war nicht wie die anderen Briefträger aus dem nahe gelegenen Briefverteilzentrum, die zur Essenszeit als grölende Meute einfielen, mit Tanja flirteten und ihr zotige Witze erzählten. Er gesellte sich nur selten zur Horde seiner ungehobelten Kollegen. Lieber setzte er sich an die Theke und aß in aller Ruhe. Tanja empfand seine Gegenwart als angenehm.

Nach dem Dessert wandte sich Bilodo seiner Lieblingsbeschäftigung zu. Aus seiner Tasche holte er ein Heft und Schreibfedern und widmete sich der Kalligrafie, der erhabenen Kunst des »Schönschreibens«. Tanja beobachtete aus dem Augenwinkel, wie er Auszüge aus der Speisekarte oder einige Zeilen aus der Zeitung abschrieb. Bilodo hatte lange schlanke Finger, deren Bewegungen mit der Feder Tanja fasziniert folgte. Ihre Aufgabe, allmorgendlich das Tagesgericht auf die Tafel zu schreiben, führte sie mit größter Sorgfalt in ihrer schönsten Schrift aus, in der Hoffnung, Bilodos Aufmerksamkeit darauf zu lenken. Nachdem sie sich ein wenig mit der Kalligrafie vertraut gemacht hatte, ging sie dazu über, seine Rechnung in der Unzialschrift, der offenbar seine Vorliebe galt, abzufassen und mit ihrem Vornamen zu unterschreiben, den sie mit zarten Schnörkeln versah. Bilodo schien dies zu gefallen, denn er gab ihr stets ein großzügiges Trinkgeld.

Seitdem Bilodo in ihr Leben getreten war, hatte Tanja das Gefühl, als würde ihr Bett Nacht für Nacht ein wenig breiter und wäre mittlerweile so unermesslich groß und kalt wie die Wüste Gobi. Wenn sie morgens vom Gezwitscher der Vögel geweckt wurde, galt ihr erster Gedanke seinem Lächeln, und abends, vor dem Einschlafen, dachte sie an seine Pianistenfinger und errötete bei der Vorstellung, wie sie gewandt ihren Körper erkundeten … Ihm galten ihre Tagträume, wenn sie in müßigen Momenten neben der Kasse stand; seinetwegen eilte sie um zehn vor zwölf in den Waschraum, um ihre Frisur zu richten und sich dezent zu schminken. Mit ihrem Spiegelbild war sie alles andere als zufrieden. Sie fand ihr Kinn zu lang, ihren Busen zu klein. Sie bedauerte, nicht mehr Sex-Appeal zu haben, nahm jedoch an, dass Bilodo hinter die Fassade zu blicken vermochte. Sie bemühte sich, ihre mangelnden weiblichen Reize auszugleichen, indem sie besonders zuvorkommend war. Zum Dessert servierte sie ihm stets eine doppelte Portion Zitronentarte.

~

Bilodo verbarg ein Geheimnis, das spürte Tanja genau. Hatte er in seiner Vergangenheit irgendetwas Dramatisches erlebt? War ihm etwas Schlimmes zugestoßen? Tanja stellte Mutmaßungen an und musste sich eingestehen, dass sie so gut wie nichts über ihn wusste. Nur das eine, das allerdings von entscheidender Bedeutung war: Bilodo war Junggeselle. Das wusste Tanja dank seiner Kollegen von der Post, die ihn immer wieder damit aufzogen. Was bewegte Bilodo in seinem Herzen? Was fing er mit seinen Nächten an? Tanja malte sich gern aus, wie er ein nur der Kalligrafie gewidmetes mönchisches Dasein führte und Körper und Geist für die glückliche Pilgerin aufsparte, die den Weg zu seiner Seele finden würde – eine Rolle, die in ihren Augen genau auf sie zugeschnitten war. Aber wie stand es mit ihm? Empfand er etwas für sie? Tanja glaubte allen Grund zu der Annahme zu haben, dass sie ihm nicht gänzlich gleichgültig war – warum sonst setzte er sich immer wieder zu ihr an die Theke? Dabei konnte sie sich wegen der chronischen Schüchternheit, die sie beide verstummen ließ, keineswegs sicher sein. War Bilodos Lächeln als Aufforderung zu deuten, oder wollte er nur einfach freundlich sein? Da sie sich noch kein endgültiges Urteil erlauben konnte, verhielt sich Tanja lieber abwartend. Aus Angst, Bilodo zu verschrecken, hoffte sie darauf, dass er den ersten Schritt unternahm.

So waren bereits sechs Monate vergangen, und dieser seltsame Zustand hätte bis in alle Ewigkeit anhalten können, wenn sich nicht das Schicksal eingeschaltet und den Tod über die Rue des Hêtres gebracht hätte.

~

Es war der letzte Tag im August, ein Gewitter zog herauf. Der Himmel war im Laufe des Vormittags immer bleierner geworden und hatte sich schließlich kurz vor zwölf in einem Wolkenbruch entladen, der die Rinnsteine zum Überlaufen brachte. Als die Elemente sich gerade ein wenig zu beruhigen begannen, hörte Tanja zu ihrem Entsetzen einen Krankenwagen vorbeifahren. Ein Blick auf die Uhr verriet ihr, dass es bereits zehn nach zwölf war. Zum ersten Mal verstieß Bilodo gegen seine eigene Pünktlichkeitsregel. In dem Moment tauchte Odysseus auf, ein Obdachloser, der Stammgast im »Madelinot« war. Aufgeregt verkündete er, soeben habe sich ein Unfall ereignet, weiter unten in der Rue des Hêtres sei jemand von einem Lastwagen angefahren worden.

Da Tanja wusste, dass diese Straße zu Bilodos täglicher Runde gehörte, wurde sie hellhörig. Als sie ihn aufforderte, genauer zu werden, berichtete Odysseus, das Opfer sei Stammgast im Restaurant, und am Unfallort befänden sich mehrere Postbeamte. Tanja bekam weiche Knie. Sie war plötzlich erfüllt von der schrecklichen Gewissheit, dass sie Bilodo soeben verloren hatte, dass alles schon zu Ende war, bevor es überhaupt hatte beginnen können. Dann aber enthüllte Odysseus, dass es sich bei dem Verstorbenen um »den bärtigen Typ mit der roten Blume« handele. Diese Beschreibung traf nur auf eine einzige Person zu. Tanja atmete tief durch. Sie war zwar erschüttert über die Nachricht, dass der Tote Gaston Grandpré war, ein gern gesehener Gast, aber es überwog die Erleichterung, dass Bilodo nichts zugestoßen war.

Bilodo traf gegen 13:15 Uhr ein, gefolgt von seinem Kollegen Robert, der für die Leerung der Briefkästen zuständig war. Um ein Haar hätte sich Tanja dem jungen Briefträger in die Arme geworfen, aus lauter Freude darüber, dass er unversehrt war. Bilodos Uniform war blutbeschmiert. Robert, dieser Schwätzer, verkündete genüsslich, sie seien Zeugen des Unfalls gewesen. Er habe sich direkt vor ihren Augen, während das Unwetter über ihnen tobte, vor einem Briefkasten ereignet, den er in aller Eile geleert habe. Weiterhin schilderte Robert, wie Grandpré sich in den sintflutartigen Regen gestürzt habe, um einen Brief einzuwerfen, und über die Straße gelaufen sei, ohne den nahenden Lastwagen zu bemerken, und PENG! Der Arme habe, als sie sich über ihn beugten, schon in den letzten Zügen gelegen und in ihren Armen sein Leben ausgehaucht.

Bilodo war sichtlich erschüttert. Mit gequälter Miene sah er zu Grandprés Stammplatz am Fenster hinüber. Tanja war genauso bekümmert wie er. Der Verstorbene würde ihr fehlen. Sie würde Gaston Grandprés Liebenswürdigkeit vermissen und seinen feinen Humor. Seitdem sie im »Madelinot« arbeitete, hatte der Literaturprofessor, der aussah wie ein zerstreuter Gelehrter, hier Tag für Tag immer das gleiche Sandwich gegessen, im Knopfloch eine rote Nelke, die er, bevor er ging, in den Zuckertopf steckte – ein ungewöhnliches kleines Ritual, das Tanja schmunzelnd registrierte. Schrecklich, was Monsieur Grandpré zugestoßen war. Und doch ertappte sie sich ein wenig beschämt bei dem Gedanken, erleichtert zu sein, dass er tot war und nicht Bilodo.

~

In jener Nacht träumte Tanja von Gaston Grandpré: Das Gewitter tobte, und er lag unmittelbar nach dem Unfall auf der Straße. Nur war es eben nicht Grandpré, sondern Bilodo, der blutüberströmt auf dem überfluteten Asphalt mit dem Tode rang. Mit zitternder Hand nahm er die rote Nelke aus dem Knopfloch seiner Briefträgerjacke, reichte sie ihr und flehte sie an, ihn nicht zu vergessen … Dann schreckte sie aus dem Schlaf, entsetzt über das, was sich als bloßer Albtraum herausstellte.

Als Tanja wieder zu sich gekommen war, erinnerte sie sich daran, dass Bilodo sehr wohl am Leben war. Sie schaltete ihre Nachttischlampe ein und hatte in dem Moment eine Erleuchtung: Sie wurde sich schlagartig der Vergänglichkeit, der schrecklichen Kürze des Lebens bewusst und nahm dies als Vorzeichen. Sie durfte nicht länger zögern: »Worauf wartest du noch, Tanja Schumpf? Wenn du möchtest, dass Bilodo dein wird, dann ergreife die Initiative, bevor es zu spät ist«, sagte sie laut zu sich. Sie musste endlich zur Tat schreiten. Gerührt gedachte Tanja Gaston Grandprés, dem sie diese Erkenntnis zu verdanken meinte. Sie bat ihn um Verzeihung, dass ihr sein Tod lieber war als der Bilodos, und dankte ihm, ihr damit die Augen geöffnet zu haben.

Tags darauf kaufte Tanja auf dem Weg zum »Madelinot« beim Blumenhändler eine rote Nelke, die sie umgehend in den Zuckertopf auf Grandprés Lieblingstisch steckte, um ihm die letzte Ehre zu erweisen. »Die Initiative ergreifen, ja. Aber wie?«, fragte sie sich, während sie gedankenverloren die einsame Blume betrachtete. Wie konnte sie nur eine Brücke zu Bilodo bauen? Wie ihm näherkommen?

Diese Frage beschäftigte Tanja unentwegt. Zum Glück ließ die Antwort nicht lange auf sich warten: Eine Gelegenheit bot sich, als Bilodo plötzlich seine Liebe zur asiatischen Dichtkunst entdeckte. Eines Mittags im September zeigte er Tanja ein Buch mit dem Titel *Traditionelle Haikus aus dem 17. Jahrhundert* und erzählte ihr voller Begeisterung von jenen bezaubernden kleinen Gedichten, die aus nur drei Zeilen und siebzehn Silben bestünden. Im Laufe der Tage war nicht mehr daran zu zweifeln, dass die japanische Poesie Bilodos neueste Marotte war: Er hatte der Kalligrafie den Rücken gekehrt und widmete sich nunmehr dem Verfassen von Haikus. Das war die Gelegenheit, auf die Tanja gewartet hatte: Über die verschlungenen Pfade des Internets eignete sie sich alle Kenntnisse an, die sie über Haikus finden konnte.

# 3

Spiegel: Im Auge
einer Libelle
der Gipfel eines Berges

Eines Herbstmorgens
sah ich im Spiegel
das Antlitz meines Vaters

Manchmal sind Wolken
Atempausen für
die Anbeter des Mondes

Unterm Sommergras
erschauern noch jetzt
die Träume eines Kriegers

Das erste Haiku stammte von Buson, das zweite von Kijō und die beiden anderen von Bashō, alle drei anerkannte Meister dieses Genres. Bestehend aus drei Zeilen – zwei fünf- und einer siebensilbigen – und insgesamt siebzehn Silben, zielte das Haiku darauf, das Unwandelbare und das Vergängliche einander gegenüberzustellen. Ein gelungenes Haiku sollte, maßvoll und präzise, einen Verweis auf die Natur (*kigo*) oder eine über den Menschen hinausweisende Realität enthalten. Die Kunst des Haiku bestand im Erfassen eines Moments, eines Details; es war ein lebensnahes Gedicht, das nicht etwa an den Intellekt, sondern an die Sinne appellierte.

In ihrer Begeisterung über die scheinbare Einfachheit dieses Konzepts versuchte Tanja, einige Haikus zu verfassen. Aber schon bald musste sie feststellen, dass es alles andere als leicht war. Sie nahm eine Anthologie mit japanischen Haikus mit ins »Madelinot« und gab Bilodo die ihrer Meinung nach schönsten Gedichte daraus zu lesen. Er war angenehm überrascht, dass Tanja sich wie er für Haikus interessierte, weigerte sich aber, ihr diejenigen, an denen er gerade arbeitete, zu zeigen, unter dem Vorwand, sie seien zu persönlich. Doch wenigstens hatte Tanja seine Aufmerksamkeit geweckt: Das war immerhin ein Anfang.

Aus dem Internet lud Tanja eine Auswahl japanischer Lieder herunter, die sie jeden Tag um Punkt 11:55 Uhr abspielte. Sie machte sich mit Ikebana und Origami vertraut, schmückte das Restaurant mit Blumenarrangements und bestückte es mit hübschen Tieren aus gefaltetem Papier. Diese Kunstgriffe schienen ihre Wirkung auf Bilodo zu verfehlen, umso mehr fielen sie seinem Kollegen Robert auf, der schon seit geraumer Zeit ahnte, dass Tanja eine Schwäche für den jungen Briefträger hatte.

Eines Mittags nahm er sie zur Seite: »Mir ist schleierhaft …«, setzte er an.

»Was denn?«, fragte Tanja argwöhnisch, denn sie misstraute Robert.

Selbstgefällig und laut wie er war, führte Robert die ausgelassene Horde aus Postbeamten an, deren Sensationslust er mit laufend aktualisierten Berichten über seine weiblichen Eroberungen und sagenhaften sexuellen Abenteuer stillte. Da er sich für eine Art Casanova hielt, hatte er angefangen, Tanja mit anzüglichen Anspielungen und zweideutigen Gesten den Hof zu machen, was sie tunlichst ignorierte.

»Mir ist schleierhaft, was du an ihm findest«, verkündete Robert mit einer Handbewegung in Richtung Bilodo, der, über die Theke gebeugt, ins Schreiben versunken war. »Warum verschwendest du deine Zeit an diesen Spinner?«

Tanja warf ihm einen eisigen Blick zu. Am meisten ärgerte sie an diesem Postbeamten, auf welch niederträchtige Art und Weise er Bilodo behandelte. Obwohl Robert behauptete, Bilodos bester Freund zu sein, nutzte er jede Gelegenheit, sich über ihn lustig zu machen. Er verspottete diesen wegen seines nicht enden wollenden Zölibats und versuchte ihn in seiner selbst gewählten Rolle als Kuppler mit allem, was nicht bei Drei auf den Bäumen war, zusammenzubringen. Er meldete ihn bei Partnervermittlungsagenturen an und veröffentlichte ohne Bilodos Wissen derbe Annoncen in den sozialen Netzwerken. Er hatte sogar Bilodos Namen entstellt und ihn Libido getauft, worüber sich die anderen Postbeamten köstlich amüsierten. Wie sich Bilodo fühlen mochte, wenn man ihn so nannte, konnte Tanja besser als jeder andere nachempfinden, denn als Kind hatte sie Ähnliches durchgemacht. Ihr aus dem Rheinland stammender, für bayerische Ohren befremdlich klingender Familienname Schumpf war von ihren Klassenkameraden umgewandelt worden in Schlumpf – wie die kleinen blauen Kobolde. Tanja Schlumpf! Oder auch Schlumpfine … Lächerliche Spitznamen, die ihre Jugend überschattet hatten. Tanja hatte unter ihnen gelitten, und wenn sie mitansehen musste, wie Bilodo dieselbe Demütigung widerfuhr, tat er ihr leid und sie fühlte sich ihm besonders nahe.

»Du brauchst einen richtigen Mann«, setzte Robert noch eins drauf.

»Und du behauptest, sein Freund zu sein?«, empörte sich Tanja.

»Das hat nichts mit Freundschaft zu tun. Es geht um das glühende Verlangen, das ich für dich empfinde, meine schöne Tanja«, sagte Robert anzüglich.

Tanja, die ihren Widerwillen kaum verbergen konnte, strafte ihn mit Nichtachtung.

Den ganzen Herbst über frönte sie weiterhin ihrer Vorliebe für alles Japanische: Sie stellte einen Bonsai auf die Theke und überredete den Koch Monsieur Martinez, die Speisekarte um Sushi zu bereichern. Zu Halloween verkleidete sie sich natürlich als Geisha.

»*Konichiwa*«, sagte sie zu Bilodo, der sie verwundert ansah, als er das Lokal betrat, und verneigte sich.

Er verneigte sich ebenfalls und gratulierte ihr zu ihrem hübschen Kostüm. Kaum hatte er seine Mahlzeit hinuntergeschlungen, vertiefte er sich auch schon in seine Haikus. Seine halbherzige Reaktion enttäuschte Tanja, schließlich hatte sie sich mit ihrer Verkleidung viel Mühe gegeben – zwei Stunden hatte sie allein in Make-up und Frisur investiert.

»Schöner Versuch, Madame Butterfly«, sagte Robert spöttisch, als Tanja in ihren Schuhen mit den Holzsohlen an seinen Tisch schwankte, um ihm Kaffee nachzuschenken. »Gehen wir doch lieber zu mir: Dann zeige ich dir mein prächtiges Samuraischwert.«

»Lieber mache ich Harakiri!«

Doch Robert ließ nicht locker und malte ihr in den loderndsten Farben ein Hiroshima fleischlicher Lüste aus. Tanja allerdings war schon mit Wichtigerem beschäftigt: Bilodo war im Aufbruch begriffen. »*Sayonara*, mein Liebster!«, sagte sie still für sich.

~

*Ticktack macht die Uhr*
*im Sekundentakt*
*Doch mein Herz schlägt nur für dich*

Tanja zerknüllte das Gedicht und warf es in den Kamin, wo es sich in Rauch auflöste. Sie seufzte. Ob Bilodo wohl dieselben kreativen Nöte durchmachte? Es sah nicht danach aus: Jeden Mittag arbeitete er mit unerschütterlicher Disziplin an seinen eigenen Haikus, offenbar immun gegen die Angst vor dem leeren Blatt. Auch wenn ihm Tanjas anhaltendes Interesse an seinen Werken schmeicheln mochte, weigerte er sich hartnäckig, ihr das Geschriebene zu zeigen, und schlug hastig sein Heft zu, sobald sie in seine Nähe kam. Tanja war diese Geheimniskrämerei nicht geheuer, und sie rätselte, ob Bilodos Gedichte womöglich sie betrafen, weshalb sie es kaum erwarten konnte, einen Blick darauf zu werfen. Und so kam sie auf die Idee, ein *Renku* zu beginnen.

Auf diesen Begriff war sie beim Durchblättern des Bandes *Geschichte der japanischen Dichtkunst* gestoßen. Es handelte sich um eine Tradition, die auf die einst am japanischen Kaiserhof ausgetragenen literarischen Wettstreite zurückging. An einem Renku wirkten mehrere Autoren mit: Diese sogenannten »verketteten Verse« bestanden aus einer Reihe von Haikus, von denen sich jedes einzelne Kettenglied auf das ihm vorausgegangene bezog. Die Aussicht, auf diese Weise mit ihrem Auserwählten Gedichte auszutauschen, hatte Tanja sogleich begeistert. Bilodo würde, so ihre Vermutung, dem Reiz eines solchen Experiments nicht widerstehen können. Damit der Prozess überhaupt in Gang kam, musste ihm allerdings ein Haiku als Ausgangspunkt vorliegen, das seiner würdig war – und genau das war das Problem.

In der Rue des Hêtres
werden die Ahornblätter
vom Winde verweht


Diese Herbstblätter
vom Winde verweht
stammen nicht von den Buchen


Dass die Rue des Hêtres
voller Ahornbäume ist
ist nicht meine Schuld


Buche oder nicht?
Was soll's – den Bäumen ist es
so was von egal


Die herbstliche Rue des Hêtres
der Wind – der Ahorn
und verdammt noch mal!


Tanja zerriss diese abstrusen Haikus. Gab es etwas
Schlimmeres als dieses Gefühl, sich im Kreis zu drehen?
Mit ihrem ganzen Sein sehnte sie sich nach dem *wabi*
(der schlichten Schönheit im Einklang mit der Natur),

doch schienen sich ihr die uralten Tugenden des *sabi* (Einfachheit, Gelassenheit) zu verweigern. Wie ließ sich nur jenes subtile Gleichgewicht aus *fueki* (dem Unwandelbaren, dem Ewigen, das über uns hinausgeht) und *ryuko* (dem Flüchtigen, dem Vergänglichen, dem wir unterliegen), diesen unverzichtbaren Ingredienzen eines gelungenen Haiku, herstellen? Wo lernte man, Derartiges zu schreiben?

»Vergeude deine Zeit nicht mit Gedichten«, riet ihre Freundin Noémie ihr an der Theke einer Bar in der Rue Notre-Dame. »Wenn du dir sicher bist, dass er der Richtige ist, dann musst du die Initiative ergreifen!«

Noémie arbeitete wie ihre Freundin als Kellnerin, in einem Café im Quartier Latin, in dem Tanja während ihres ersten Jahres an der Universität gejobbt hatte. Noémie war hübsch und extrovertiert und besaß jenes schalkhafte Lächeln, das die Männer betörte, was sie weidlich ausnutzte: Mehr als einmal hatte Tanja ihr aus verzwickten erotischen Konstellationen heraushelfen müssen, bei denen mehrere Verehrer zugleich im Spiel waren. Trotzdem hatte Tanja ihr erst kürzlich anvertraut, was sie für Bilodo empfand.

»Willst du warten, bis eine andere Schnecke dir zuvorkommt? Schnapp ihn dir und zeig ihm, was du zu bieten hast.«

Tanja zuckte mit den Schultern. Noémie mit ihrer unwiderstehlichen Ausstrahlung hatte gut reden. Die Methode, die Noémie ihr empfahl, erschien ihr äußerst gewagt: Wenn sie Bilodo in dieser Weise provozierte, konnte sie alles zerstören. Müsste man bei einem derart empfindsamen Typen nicht vielmehr äußerst behutsam vorgehen?

»Wenn du die sanfte Methode vorziehst, kann ich dir einen Liebestrunk besorgen«, schlug Noémie vor. »Meine haitianische Nachbarin braut ihn zusammen: drei Tropfen in die Suppe deines Briefträgers, und schon läuft alles wie geschmiert.«

Tanja ging jedoch auf dieses Angebot nicht ein. Sie war fest davon überzeugt, dass die einzige Magie, die in diesem Fall etwas bewirken konnte, die der Worte war, vorzugsweise in siebzehn Silben gegliedert.

~

Um vier Uhr morgens erwachte Tanja leicht verwirrt auf ihrem Sofa. Sie hatte versucht, ein halbwegs passables Haiku zustande zu bringen, und ein Blatt nach dem anderen beschrieben, Silben hingekritzelt, durchgestrichen, erneut gezählt und wieder durchgestrichen, bis sie schließlich inmitten eines Meeres aus Papierschnipseln eingeschlafen war. Draußen fiel im fahlen Licht der Straßenlaternen träge der erste Schnee. Tanja zog rasch ihren Mantel an und verließ das Haus. Mit kindlicher Ausgelassenheit stapfte sie über den weißen Teppich, der sich über den Bürgersteig gelegt hatte. Die Stadt war menschenleer, makellos. Im Gehen versuchte Tanja, mit offenem Mund eine Schneeflocke zu erhaschen, die sich allerdings auf ihrer Nase niederließ … und auf einmal wusste sie, was sie schreiben musste. Sollte man sich nicht an der Schlichtheit der Natur orientieren, welche die alten Meister so nachhaltig inspiriert hatte?

Tanja eilte nach Hause, und in weniger als zehn Minuten hatte sie die folgenden Zeilen niedergeschrieben:

*Frisch vom Himmel gesegelt*
*schmilzt die Schneeflocke*
*auf meiner Nase*

*Wabi – sabi – fueki – ryuko*: Alles kam darin vor. Es war zwar nicht gerade genial, aber so konnte es bleiben.

Tanja übertrug das Haiku auf einen hauchdünnen Bogen Papier und schenkte es tags darauf Bilodo, der sehr beeindruckt zu sein schien. Zum Dank versprach er, demnächst ein Gedicht für sie zu verfassen. Im Stillen triumphierte Tanja: Ihr Plan war aufgegangen – es war der Beginn eines Renku. Jetzt brauchte sie nur noch auf Bilodos poetische Antwort zu warten.

Tanja ahnte nicht, dass ihre Geduld auf eine harte Probe gestellt werden sollte.

# 4

Es war bereits April, als Tanja eines Tages auf der Theke ein mit ihrem Namen beschriftetes gefaltetes Papier entdeckte. Bilodo war gerade in den Waschraum gegangen, und sie räumte sein Gedeck ab. »Endlich«, seufzte sie in der Annahme, es sei das versprochene Haiku. Auf dieses Gedicht hatte sie eine Ewigkeit gewartet, mit schwindender Hoffnung, bis sie schließlich überzeugt war, Bilodo habe es vergessen. Und nun auf einmal wurde sie für ihre Geduld belohnt. Tanja faltete das Papier auseinander, sie konnte kaum erwarten, das Ergebnis seiner Mühen zu lesen:

*Bisweilen brauchen Blumen*
*sieben Jahre bis sie blüh'n*
*Schon seit langer Zeit*
*will ich Ihnen gestehen*
*wie innig ich Sie liebe*

Es war, als würde ein Engelschor ein »Gloria« für Tanja anstimmen. Freudig erregt stellte sie sich vor die Tür zum Waschraum, aus der kurz darauf Bilodo trat und verblüfft stehen blieb. Tanja dankte ihm für die wunderbare Überraschung und gestand ihm mit brennenden Wangen, dass sie dasselbe für ihn empfinde. Bilodo warf einen verdutzten Blick auf das Gedicht, das sie an ihre bebende Brust presste. »Ich muss gehen«, stammelte er. Da sie sich lebhaft vorstellen konnte, wie viel Überwindung ihn, der doch so schüchtern war, eine solche Liebeserklärung gekostet haben musste, gab Tanja sich vorerst damit zufrieden und schenkte Bilodo ihr strahlendstes Lächeln, während er sichtlich verstört das Restaurant verließ.

Tanja verbrachte den Nachmittag in einem Zustand der Schwerelosigkeit. Immer wieder las sie dieses einzigartige, nicht etwa aus drei, sondern aus fünf Versen bestehende Gedicht, das ihr huldigte. Dank ihrer jüngsten Nachforschungen erkannte sie, dass es sich um eine alte japanische Gedichtform handelte: das *Tanka*, den edlen Vorläufer des Haiku. Ein Tanka bestand aus zwei Teilen: Der erste, ein Dreizeiler aus siebzehn Silben, war ursprünglich ein Haiku, an das sich ein aus jeweils sieben Silben bestehender Zweizeiler anschloss, der, gleichsam als Antwort auf das Haiku, jenes weiterführte. Im Unterschied zum Haiku, das sich an die Sinne richtete und die Beobachtung der Natur zum Inhalt hatte, behandelte das Tanka erhabene Themen wie den Tod und die Liebe. Tanja begriff, warum Bilodo so lange daran gearbeitet hatte: Um ihr seine Gefühle zu gestehen, wollte er sich nicht mit einem Haiku zufriedengeben und hatte sich jener anderen poetischen Gattung zugewandt, die sich dem Ausdruck komplexer Gefühle widmete.

Tanja war im siebten Himmel und verbrachte den Abend damit, ebenfalls ein Tanka zu verfassen, das als Antwort auf Bilodos Zeilen mit wohldosierter Leidenschaft zu erkennen geben sollte, dass sie bereit war, sich ihm hinzugeben:

*Mein Herz wartet schon*
*seit geraumer Zeit auf Sie*
*Ich hoffte auf Sie*
*Die langsam gereifte Frucht*
*schmeckt um vieles köstlicher*

~

Am nächsten Tag wartete Tanja mit dem Tanka in der Schürzentasche auf Bilodo, als plötzlich die Tür aufging und die Postbeamten hereinkamen, angeführt von Robert, der seiner geschwollenen Nase hinterherlief. Tanja hatte die Schwellung, das eindeutige Ergebnis eines Faustschlags, bereits am Vortag bemerkt, doch war Robert ihr ausgewichen. An diesem Tag erwies er sich jedoch als gesprächiger und riet Tanja, als sie ihn zum bemerkenswerten Farbton seines Riechkolbens beglückwünschte, doch lieber dem Angreifer Bilodo zu gratulieren. Tanja wunderte sich kaum, da sie in letzter Zeit immer wieder Zeugin heftiger Auseinandersetzungen zwischen den beiden Männern geworden war. Das eigentliche Motiv blieb allerdings unklar: Offenbar hatte Bilodo sich endlich handfest gegen die ständigen Demütigungen des Postboten gewehrt – es war auch höchste Zeit. Wenn Bilodo Robert einen Schlag versetzt hatte, dann gewiss als Reaktion auf irgendeine besonders üble Schikane. Jedenfalls hatte Tanja alles andere als Mitleid mit Robert.

»Sag mal, Tanja«, wechselte Robert scheinheilig das Thema. »Gestern hab ich gesehen, wie du etwas gelesen hast, das Libido auf der Theke liegen gelassen hatte. Das war doch ein Liebesgedicht, oder?«

Tanja traute sich nicht, ihn zu fragen, woher er das wusste oder weshalb er sich für Bilodos Tanka interessierte. »Das geht dich gar nichts an«, entgegnete sie und trat den Rückzug an. Da zog Robert ein Stück Papier aus seiner Jackentasche und hielt es ihr feixend unter die Nase:

»War es vielleicht dieses Gedicht?«

Tanja lief ein Schauer über den Rücken. Es war tatsächlich das bewusste Tanka, von dem, wie Robert ihr verriet, mehrere Kopien im Briefverteilzentrum kursierten. Erschüttert musste Tanja sich anhören, das Gedicht sei nicht für sie bestimmt, sondern für eine Frau namens Ségolène aus Guadeloupe, mit der Bilodo eine

Korrespondenz führe und in die er bis über beide Ohren verliebt sei.

»Als Libido mir erzählt hat, dass er dir eine Kopie geben will, fand ich das unmoralisch. Ich wollte ihn daran hindern, da hat er mich vermöbelt.«

Im Restaurant herrschte auf einmal Totenstille. Die übrigen Gäste, die das Gespräch mitverfolgt hatten, warfen Tanja mitleidige Blicke zu. Da betrat Bilodo das Lokal, es war Punkt zwölf. Seine Ankunft wurde von den höhnischen Bemerkungen der Postbeamten begleitet. Tanja eilte in die Küche, um nur ja nicht seinem Blick zu begegnen. Dort lehnte sie sich benommen an die Wand. Sie hörte, wie die Postbeamten im Gastraum Radau machten: »Ségolène! Nimm mich auf deiner Schaluppe mit nach Guadeluppe!«, grölten sie. Tanja zog Bilodos Tanka aus ihrer Schürze und las es noch einmal, um zu verstehen, worum es hier eigentlich ging. Dann hatte er also dieses Gedicht und auch all die anderen für diese Ségolène geschrieben? Zutiefst getroffen ließ sie sich auf den Boden gleiten. Als Monsieur Martinez sie dort entdeckte, half er ihr auf, bestürzt über ihren Anblick, und drängte sie, ihm zu sagen, was los sei, doch hörte Tanja ihn kaum. Warum nur hatte Bilodo ihr dieses Gedicht zu lesen gegeben? Handelte es sich um einen üblen Streich, den die Postbeamten ihr gespielt hatten? Musste sie für eine alberne Wette herhalten? Wütend schnappte sich Tanja ein volles Tablett und stürmte aus der Küche.

Bilodo saß bestürzt an der Theke. Ohne ihn eines Blickes zu würdigen, brachte Tanja den Postbeamten ihr

Essen. Sie ließ sich nicht von Roberts vermeintlicher Zerknirschung täuschen: Sie spürte, wie sehr er sich an ihrer Niederlage weidete. Sie bediente die Postbeamten, ohne mit der Wimper zu zucken, und nahm dann mit einer Eisesmiene, an der die Titanic zerschellt wäre, Bilodos Bestellung auf: Was er wünsche? Eine dumme Pute wie sie? Ein Versuchskaninchen, um seine Gedichte zu testen? Bilodo versicherte ihr, dass sie falsch liege, und bat sie um ein Gespräch unter vier Augen, worauf Tanja erwiderte, das sei zwecklos. Sie zerknüllte das betrügerische Tanka und bewarf ihn damit:

»Da hast du dein Gedicht, Libido!«, fuhr sie ihn mit schneidender Stimme an.

Schallender Applaus ertönte, denn Tanja hatte nicht wenige Anhänger. Bilodo stammelte, er könne nichts dafür, das Gedicht hätte nie in ihre Hände gelangen dürfen. Er leugnete also nicht, dass das Tanka einer anderen galt, was einem Geständnis gleichkam. Sie wollte nichts mehr davon hören und forderte ihn auf, sich ein anderes Opfer zu suchen – was neuerlichen Applaus hervorrief. Da reichte es Tanja, sie flüchtete sich wieder in die Küche. Bilodo wollte ihr folgen, doch stellte sich ihm Monsieur Martinez in den Weg – hundertdreißig Kilogramm Feindseligkeit, ganz zu schweigen von seinem Küchenmesser – und riet ihm, sich schleunigst aus dem Staub zu machen. Bilodo zog es vor, dieser Aufforderung Folge zu leisten. Tanja hörte, wie die Tür zum Restaurant zuschlug. Schluchzend lehnte sie sich an Monsieur Martinez' Schulter und ließ ihren Tränen freien Lauf.

»Wie konntest du dich nur so an der Nase herumführen lassen, Tanja Schumpf?«, warf sie sich am Abend vor, als sie ihren Schmerz in einer Flasche Chardonnay zu ertränken versuchte. Hatte sie sich die Gefühle, die sie bei Bilodo meinte erkannt zu haben, bloß eingebildet? Wie war es nur möglich, dass diese zarte Liebesgeschichte auf einen Schlag zu einer Horrorstory mutiert war? Tanja wusste nur, dass sie schrecklich unter Bilodos Verlogenheit, unter seinem Zynismus litt – vor allem aber quälte sie ihre innere Gewissheit: »Trotz allem liebe ich ihn.« Denn so war es, mochte es noch so verrückt sein. Trotz des ganzen Leids, das Bilodo ihr zugefügt hatte, konnte sie nicht aufhören, ihn zu lieben. »Aber er liebt eine andere!«, sagte sie sich verzweifelt, und es fühlte sich an wie ein Dolchstoß mitten ins Herz.

Was machte er wohl gerade? Schrieb er an seine karibische Schönheit? Träumte er von ihr?

~

Am nächsten Tag ging Tanja aus reinem Pflichtbewusstsein zur Arbeit. Der Mittag verstrich, ohne dass Bilodo aufzutauchen wagte, woran er gut tat. Nachdem die Gäste das Drama am Vortag miterlebt hatten, behandelten sie Tanja wie ein zartes Porzellangefäß, das bei der geringsten Erschütterung zu Staub zu zerfallen drohte. Man hatte Mitleid mit ihr – was ihren verletzten Stolz nur noch befeuerte.

Die Meute von der Post fiel um zehn nach zwölf in das Restaurant ein:

»Dein Verlobter kommt heute nicht, meine arme Tanja. Er ist krankgeschrieben«, verkündete Robert.

Mit ungerührter Miene gab Tanja die Bestellung der Postbeamten an die Küche weiter. Dann bemerkte sie, wie Odysseus ihr aus der hinteren Ecke des Gastraums ein Zeichen gab. Odysseus, der Obdachlose, war ein Veteran des Afghanistan-Krieges, aus dem er nach einer Kopfverwundung geistig umnachtet zurückgekehrt war. Wie sein berühmter Namensvetter irrte er in der Metro von einer Station zur nächsten, auf der Suche nach seinem Zuhause, dessen Adresse er unseligerweise vergessen hatte. Odysseus hatte von Zeit zu Zeit paranoide Schübe, während derer er glaubte, von einem als Polizist verkleideten Zyklopen verfolgt zu werden, doch Tanja gegenüber, die er für eine griechische Göttin hielt und verehrte, benahm er sich stets wie ein Gentleman.

Ohne sich etwas von ihrem Kummer anmerken zu lassen, erkundigte sich Tanja, was der aus Ithaka verbannte König wünsche. Doch wollte dieser nicht etwa über die Speisekarte sprechen:

»Ich weiß alles, edle Tochter des Zeus. Ich war vorgestern hier und habe die Machenschaften dieses Verräters beobachtet«, flüsterte Odysseus mit einem vorwurfsvollen Nicken zu Robert hin, der zwei Tische weiter saß. »Ich habe gesehen, wie er in dem Moment, als Ihr in der Küche wart und der Briefträger auf dem stillen Örtchen weilte, dieses verräterische Gedicht auf die Theke gelegt hat, durch das Eure Ehre beschmutzt wurde.«

»Danke, Odysseus«, sagte Tanja und nahm den Postbeamten ins Visier.

Auf einmal sah sie das Ganze in einem anderen Licht. Robert hatte eine Intrige angezettelt. Bilodo war unschuldig: Er hatte ihr alles erklären wollen, aber sie hatte sie nichts davon hören wollen. Bei dem Gedanken, wie sie ihn auf unwürdige Art und Weise beschuldigt, ja beschimpft hatte, schnürte sich ihr vor lauter Scham die Kehle zu. Was musste er nur von ihr denken?

Der ganze Schlamassel war demnach diesem Robert zu verdanken. Seine Beweggründe waren leicht zu durchschauen: Indem er Tanja in dem Glauben ließ, das Tanka sei ihr gewidmet, schlug der Postbeamte zwei Fliegen mit einer Klappe – er bestrafte sie dafür, dass sie ihn hatte abblitzen lassen, und rächte sich zugleich an Bilodo, der ihn verprügelt hatte. Tanja, die Robert am liebsten den Rest gegeben hätte, servierte den Postbeamten ihr Essen. Jedem brachte sie seine Portion, und als schließlich Robert an der Reihe war, kippte sie ihm in aller Gelassenheit seinen Teller mit Spaghetti über den Kopf. Er stieß einen lauten Schrei aus, sprang auf und warf dabei seinen Stuhl um:

»Was fällt dir ein, du Schlampe?«, brüllte er, wobei er Sauce Bolognese versprühte.

»Ich weiß, was du getan hast«, sagte Tanja ganz beiläufig. Mit schneidender Stimme untersagte sie Robert, jemals wieder im »Madelinot« aufzutauchen oder ihr unter die Augen zu kommen. Dann ging sie und holte ihren Mantel aus der Garderobe für die Angestellten. Als sie zurückkam, tupfte sich Robert gerade mehr schlecht als recht mit Papierservietten ab:

»Was fällt dir eigentlich ein, mich so zu behandeln?«, rief er ihr empört zu. »Das ist doch alles nur zu deinem Besten!«

»Zu meinem Besten?«, platzte es aus ihr heraus. Sie war fassungslos über so viel Dreistigkeit.

»Ich wollte dich doch nur warnen. Ich habe mir diese Geschichte von der Guadelouperin nicht ausgedacht: Die Wände in Libidos Wohnung sind tapeziert mit den Gedichten, die sie ihm schickt. Er ist ganz verrückt nach diesem Mädchen.«

Tanja, die taumelnd das Lokal verließ, hatte das Gefühl, ihr würde erneut ein Dolch ins Herz gerammt. Draußen rang sie eine Weile um Fassung, dann stürmte sie mit ausgreifenden Schritten davon. Sie wusste, wo Bilodo wohnte, nicht weit weg, in der Rue des Hêtres, schließlich war sie ihm hin und wieder heimlich gefolgt. Was hatte sie vor? Wollte sie sich bei ihm entschuldigen? Den Schaden wiedergutmachen? Ihr Schritt verlangsamte sich, je näher sie Bilodos Haus kam. Dann blieb sie stehen, außerstande, den Fuß auf die erste Stufe der Außentreppe zu setzen. An dem eigentlichen Problem hatte sich nämlich nichts geändert: Er liebte eine andere.

Es war zwar tröstlich zu wissen, dass Bilodo nichts mit der Sache zu tun hatte, doch gehörte sein Herz trotz allem jener Guadelouperin, über die Tanja nichts wusste. Und so entfernte sie sich, gebeugt unter der Last eines unabwendbaren Schicksals.

# 5

Tanja sah schweren Herzens dem Frühjahr entgegen. Auch wenn sie sich bemühte, Bilodo zu vergessen, führten ihre Spaziergänge sie doch immer wieder zu der Treppe vor seinem Haus, die sie nicht zu erklimmen wagte. An so manchem Abend stand sie auf dem Bürgersteig und blickte zum erleuchteten Rechteck seines Fensters hinauf, in der Hoffnung, wenigstens eine flüchtige Silhouette dahinter zu erspähen.

Die Arbeit im »Madelinot« fiel ihr zusehends schwerer. Das einst so verheißungsvolle Warten auf Bilodo war einer quälenden Leere gewichen. Die von der Erinnerung an ihre Schmach belastete Atmosphäre im Restaurant empfand sie als bedrückend, und trotz der Loyalität, die sie ihrer Meinung nach Monsieur Martinez schuldete, kündigte Tanja Ende Mai.

Bei der Frage, was sie nunmehr mit ihrem Leben anfangen sollte, zog sie zunächst die Rückkehr nach Bayern in Betracht und dann den Abschluss, den ihr Vater sich so sehnlich für sie wünschte. Stattdessen heuerte sie als Kellnerin im »Petit Malin« an, einer Brasserie im Stadtteil Le Plateau. Sehr schnell stellte Tanja fest, dass ihr Bedürfnis nach Veränderung damit noch nicht gestillt war, und so nahm sie sich im Juni einen Liebhaber, einen gut aussehenden, sportlichen Burschen, der ihr Kitesurfen und Tennis näherbrachte, dessen mittelmäßiger Intellekt sie jedoch schon bald langweilte. Bereits im Juli machte Tanja mit ihm Schluss. Kurz danach überkam sie das dringende Bedürfnis umzuziehen. Sie suchte sich eine neue Bleibe und mietete in einem Vorort ein modernes Apartment, das sie ganz neu einzurichten gedachte. Dorthin wollte sie Ende September ziehen – falls sie dann überhaupt noch am Leben sein sollte, denn all diese Veränderungen, deren Sinn einzig und allein darin bestand, Bilodo aus ihren Gedanken zu vertreiben, bewirkten, dass sie ihn umso schmerzlicher vermisste, ja ließen sie diesen Verlust nur umso stärker spüren. Noémie wollte Tanja über diese schwierige Phase hinweghelfen und ließ sich alles Mögliche einfallen, um ihre Freundin abzulenken. Sie ging mit ihr zum Shoppen, nahm sie mit ins Kino oder in die angesagten Nachtklubs. Aus Dankbarkeit bemühte Tanja sich, keine traurige Figur abzugeben, und tat so, als würde sie sich amüsieren. Dabei spürte sie, wie ihre Seele immer mehr verkümmerte. Nichts schien dieses innere Welken aufhalten zu können, und als es schließlich sommerlich warm wurde, zog Tanja sich in ihre Wohnung zurück. Außerstande, die Annehmlichkeiten der heißen Jahreszeit zu genießen, sah sie sich ihre Lieblingsfilme an, verschlang ein Eis nach dem anderen und fragte sich unentwegt, was Bilodo wohl gerade machte, woran er wohl gerade dachte.

Manchmal hatte sie den Eindruck, den Verstand zu verlieren. Dann überkam es sie plötzlich, und sie fing an, wie wild zu putzen, um dann wieder in Apathie zu verfallen. Sie redete sich ein, schließlich sei sie im Gegensatz zu ihrer Rivalin, die sich am anderen Ende der Welt befand, ganz in Bilodos Nähe, das müsse sie unbedingt ausnutzen … Aber dann legte sie doch nur einen weiteren Film in den DVD-Spieler ein. Manchmal stand sie morgens in kriegerischer Stimmung auf und nahm sich vor, nach Guadeloupe zu reisen, um sich Ségolène vorzuknöpfen … Aber dann kam sie wieder zur Vernunft und fand sich mit den Tatsachen ab. Schließlich hatte Bilodo das Recht zu lieben, wen er wollte. Es kam ihr so vor, als würde ihr Leben sich seinem Ende zuneigen, als bliebe ihr nichts anderes übrig, als dahinzusiechen. In einem früheren Jahrhundert wäre sie ins Kloster gegangen.

Eines Abends Ende August, als ihr von all dem Pistazieneis hundeübel war, kam Tanja zu der Erkenntnis, dass es so nicht mehr weiterging, und beschloss, Bilodo aufzusuchen. Nicht etwa in der Absicht, ihn zu erobern – in der Hinsicht hatte sie kein Fünkchen Hoffnung mehr –, sondern um sich mit ihm auszusprechen, die Dinge richtigzustellen und alles aufzuklären, was seit der unglückseligen Tanka-Episode im Argen lag. Vielleicht könnte sie dann ganz gelassen ein neues Kapitel aufschlagen? Konnte sie denn etwas verlieren, was sie ohnehin nicht mehr besaß?

~

Tanja klingelte. Sie war nervös, und auf einmal hoffte sie, dass Bilodo nicht zu Hause sei. Doch gerade als sie kehrtmachen wollte, hörte sie ein metallisches Klicken. Mehrere Schlösser wurden entriegelt. Die Tür ging auf, und vor ihr stand Bilodo. Tanja wunderte sich über sein ungewohntes Äußeres. Er hatte sich seit Monaten nicht rasiert, und durch die struppige Mähne, die bis auf seine Schultern fiel, war gewiss ebenso lange kein Kamm mehr gefahren. Bilodos Gesichtsfarbe glich der eines lebendig Begrabenen, und unter seinen Augen lagen dunkle Ringe. Er trug eine Art roten Kimono. Tanja kam es vor, als würde ihr ein Fremder gegenüberstehen. Was war nur aus dem glatt rasierten, gepflegten, selbstbewussten Briefträger geworden? Wie hatte er sich nur in diesen hippieartigen Höhlenbewohner verwandeln können?

Bilodos Blick war fiebrig. Er wirkte erschöpft. Bestürzt fragte Tanja ihn, ob alles in Ordnung sei, und merkte an, dass er ihr verändert vorkomme. Bilodo lächelte verhalten – wie sie es von ihm kannte – und versicherte, es sei ihm noch nie so gut gegangen, was Tanja ihm nicht abnahm. Verwirrt bat er sie wegen des Tanka und all der Vorkommnisse um Entschuldigung, worauf Tanja beteuerte, sie wisse, dass er unschuldig sei. Sie nahm die Schuld auf sich und räumte ein, wahrscheinlich wäre gar nichts passiert, wenn sie sich nicht eingebildet hätte … lauter albernes Zeug, nicht wahr? Tanja erwartete, dass Bilodo ihr zustimmen oder vielleicht ja auch widersprechen würde, doch er schwieg. Verlegen wechselte sie das Thema und eröffnete ihm, dass sie nicht länger im »Madelinot« arbeite und demnächst umziehen werde. Sie gab ihm ihre neue Adresse, für den Fall, dass … falls er je … Bilodo betrachtete das Blatt Papier, auf dem sie ihre künftige Adresse nach japanischer Manier mit dem Pinsel notiert hatte.

»Melde dich, wenn du magst«, wagte sie zu sagen.

»Ja …«

Einen Moment lang herrschte betretenes Schweigen. Sie standen auf der Außentreppe, und Tanja ahnte, dass gleich etwas passieren würde. Es war einer jener seltenen Momente, die genau dann eintreten, wenn man am wenigsten mit ihnen rechnet, in denen man spürt, dass alles möglich ist und es nur einer Kleinigkeit bedarf, damit das Schicksal eine andere Wendung nimmt. Tanja wusste, dass es *die* Gelegenheit war, den Mund aufzumachen, ein Zeichen zu setzen, aber die Befürchtung, einen falschen Schritt zu tun, lähmte ihre Spontaneität, und so hörte sie sich zu ihrer eigenen Verwunderung nur sagen: »Also gut, ich muss dann mal los.« Wenn Bilodo reagiert hätte, wenn er sie aufgefordert hätte zu bleiben, wäre noch alles möglich gewesen. Er sagte jedoch kein Wort.

Der magische Moment war vorbei. Um nicht in Tränen auszubrechen, stürzte Tanja die Stufen hinunter.

Bilodo stand wie versteinert auf der Treppe. Sie unterdrückte ihre Tränen und entfernte sich, in der Hoffnung, dass er sie bitten würde umzukehren, doch er tat nichts dergleichen. Tanja beschleunigte ihren Schritt, bog in eine Gasse ein, und erst dort, außerhalb seines Blickfelds, fing sie bitterlich zu weinen an.

Auf dem Bürgersteig biss sich der Wind in den Schwanz und wirbelte Zeitungsfetzen und welke Blätter umher.

~

»Rue des Hêtres? Warum, bitte schön, heißt die Straße bloß so? Hier stehen doch nur verdammte Ahornbäume!«, wetterte Tanja, während sie, von einem heftigen Gefühl der Ungerechtigkeit übermannt, durch die Straße lief, deren Name so absurd war wie ihr eigenes Leben. Hatten dort früher einmal Buchen gestanden, die man gegen Ahornbäume ausgetauscht hatte? Lag es an der bloßen Ignoranz eines ehemaligen Beamten, der nicht imstande gewesen war, die beiden Baumarten voneinander zu unterscheiden? »Da muss man doch was unternehmen!«, ereiferte sie sich. Und auf einmal sah sie sich in dieser Angelegenheit als Vorkämpferin. Als Pasionaria der arboristischen Demokratie würde sie das Rathaus belagern und darauf bestehen, dass die Straße in »Rue des Érables« umgetauft wurde. Sie sah es vor sich: In ihrem Kampf gegen die Trägheit einer uneinsichtigen Verwaltung durchstreifte sie das Viertel und sensibilisierte die Bürger für die Bedeutung dieses poetischen Anliegens. Sie sammelte Unterschriften, wurde aber zur Zielscheibe für konservative Fraktionen, die gegen die Änderung einer jahrhundertealten Gepflogenheit waren. Anstatt sich einschüchtern zu lassen, trat Tanja noch überzeugter für ihre Sache ein und marschierte heroisch an der Spitze turbulenter Demonstrationen, die sich zu einem Tumult auswuchsen: Ahornbäume wurden in Brand gesetzt – mit der Motorsäge gefällte Buchen stürzten auf Polizeiautos – Straßenschilder mit dem Namen der verdammten Straße wurden aus dem Boden gerissen und in einem mit Cayennepfeffer gewürzten beißenden Nebel wie Hellebarden hin und her geschwenkt; Tanja wurde von einem Pro-Buche-Extremisten angegriffen, mit der Machete erstochen, zur Märtyrerin erklärt, ihr Konterfei auf T-Shirts gedruckt, und schließlich würde man sie heiligsprechen ... Eine befremdliche Selbstopferungsfantasie, die natürlich nichts anderes war als eine höhere Form von Wirklichkeitsflucht, über die sie ihre Wut, ihre Verzweiflung kanalisieren konnte.

Passend zu Tanjas düsterer Stimmung verdunkelte sich plötzlich der Himmel. Ein Gewitter zog auf. Sie stieg hinab in die Metro, mit dem einzigen Ziel, nach Hause zurückzukehren, um sich eine Überdosis Pistazieneis zu verabreichen.

Zwei Stationen weiter stieg ein etwa achtzigjähriges Paar ein. Tanja überließ ihnen ihren Platz, damit sie sich nebeneinandersetzen konnten. Zerbrechlich, wie sie war, legte die alte Dame ihre faltige Hand in die ihres Begleiters. Gerührt von dem Anblick der beiden, die nach so vielen Jahren noch immer zärtlich miteinander verbunden waren, stellte Tanja sich in einem halben Jahrhundert am Arm eines zuvorkommenden Bilodo vor, der noch immer eine gute Figur machte. Sie musste an jenen besonderen Moment auf der Treppe denken, den sie nicht genutzt hatte. »Worauf hast du bloß gewartet, Tanja Schumpf? Warum hast du nichts unternommen?« Sie malte sich aus, was sie hätte sagen müssen, tun können, und war wegen ihres erbärmlichen Versäumnisses wütend auf sich selbst. Sie warf sich ihre Feigheit vor, ihre verflixte Schüchternheit, die sie so hemmte. Zornig beschloss sie, dass sie es nicht dabei belassen dürfe. Sie würde auf keinen Fall zulassen, dass ihre große Liebe so jämmerlich scheiterte. Sie verließ den Zug und nahm den nächsten, der in die entgegengesetzte Richtung fuhr, bereit, alles zu riskieren.

»Ich werde ihm sagen, wie sehr ich ihn liebe«, nahm sie sich auf der Rolltreppe vor, die sie wieder an die Oberfläche trug. »Und wenn ich nicht weiß, was ich sagen soll, küsse ich ihn einfach: Ich werde ihm den Kopf verdrehen, dann wird er schon merken, dass wir füreinander geschaffen sind.« Als Tanja auf die Straße trat, stellte sie fest, dass das Gewitter bereits in vollem Gange war. Ein wahrer Wolkenbruch. Tanja zögerte. Aber die Befürchtung, dass sie es sich noch einmal anders überlegen könnte, ließ sie weitergehen: Da sie unbedingt zur Tat schreiten wollte, solange sie sich stark fühlte, trotzte sie den Elementen.

Als sie nur noch etwa hundert Meter von Bilodos Haus

entfernt war, bemerkte sie direkt davor eine Menschenansammlung. Passanten scharten sich um einen Lastwagen. Ein Unfall? Tanja stürzte los und betete, dass ihre schreckliche Ahnung sich nicht bewahrheiten möge.

Sie bahnte sich einen Weg durch den Kreis der Schaulustigen, ging um den Lastwagen herum, der mitten auf der Straße stand, machte noch einen Schritt ...

Bilodo lag auf dem überschwemmten Asphalt. Genau so wie in jenem Albtraum, den Tanja nach Gaston Grandprés Tod geträumt hatte. Nur handelte es sich in diesem Fall nicht um einen Traum. Es war die bittere Realität.

Robert stand über Bilodo geneigt. Als er Tanja sah, machte er eine resignierte Geste in ihre Richtung. Ohne dem Postbeamten Beachtung zu schenken, kniete sie neben Bilodo nieder. Sein Bart war blutverklebt, der heftige Regen vermochte nichts dagegen auszurichten. Seine Augen waren weit aufgerissen, vom Regen benetzt. Er atmete nicht mehr.

»Nein!«, schrie Tanja und begehrte mit aller Kraft auf. Das war nicht möglich. Das konnte Bilodo ihr doch nicht antun. Er durfte nicht so sterben, nicht in dem Augenblick, da sie ihm ihr Herz schenken wollte: Das war allzu grausam.

Robert versuchte, Tanja von dem leblosen Körper zu lösen. Sie stieß ihn zurück und machte sich daran, Bilodo zu beatmen. Robert redete auf sie ein, es sei zwecklos, aber sie gab nicht auf, taub und blind allem anderen gegenüber. Sie verabreichte ihm eine Herzmassage und führte tatkräftig sämtliche Wiederbelebungsversuche durch, die sie sechs Jahre zuvor bei einem Erste-Hilfe-Kurs gelernt hatte, ohne zu ahnen, wie sehr ihr diese Handgriffe eines Tages gelegen kommen würden.

Als der Krankenwagen eintraf, war Tanja noch immer darum bemüht, Bilodo am Leben zu erhalten.

# 6

Nach einem sechsstündigen Eingriff wurde Bilodo auf die Intensivstation verlegt, wo Tanja ihn besuchen durfte. Bei seinem Anblick, wie er, einer Mumie gleich, mit Verbänden umwickelt und an Maschinen angeschlossen dalag, bekam sie weiche Knie. Bilodo war ohne Bewusstsein. Man hatte ihm den Bart und die Haare abrasiert. Sein linkes Bein war in einem erbärmlichen Zustand. Ein Arzt erklärte Tanja, seine schwerste Verletzung, ein Schädelbruch, habe einen Hirnschlag verursacht. Es sei noch ungewiss, wie es weitergehe, die nächsten Stunden würden die Entscheidung bringen. »Gib nicht auf, mein Liebster!«, redete sie Bilodo zu, bevor man sie aufforderte, den Raum, in dem er zwischen Leben und Tod schwebte, zu verlassen.

Tanja durchlebte eine angstvolle Nacht im Wartezimmer. Sie spürte noch immer die Kälte von Bilodos Lippen, als sie ihn beatmet hatte. So hatte sie sich ihren ersten Kuss gewiss nicht vorgestellt. In der Dunkelheit der durchwachten Nacht ergriff sie beim Anblick einer farbigen Frau im Flur ein panisches Gefühl – doch diese entpuppte sich als Krankenschwester. Tanja beruhigte sich: Ségolène befand sich am anderen Ende der Galaxie und ahnte nicht, welches Drama sich hier abspielte – von ihr war vorerst nichts zu befürchten. Was auch immer die Zukunft bereithalten mochte, Tanja glaubte inzwischen ein Vorrecht zu haben, das ihr die Guadelouperin nie und nimmer streitig machen konnte: »Ich habe Bilodo gerettet. Jetzt gehört er mir«, sagte sie sich.

Tags darauf war Bilodo noch unter den Lebenden. Das würde auch so bleiben, doch verhehlte sein Arzt nicht, dass er womöglich unter den Folgen einer minutenlangen Unterversorgung des Gehirns mit Sauerstoff zu leiden habe werde. Momentan könne man das ganze Ausmaß dieser Folgeschäden noch nicht abschätzen – man müsse ihn untersuchen, sobald er aufwache. Vorerst habe man ihn in ein künstliches Koma versetzt, das eine Rückbildung der Schlaganfallsymptome begünstige. Er werde also schlafen, bis sich sein Zustand verbessere. Die Vorstellung, dass Bilodo möglicherweise gesundheitlich massiv beeinträchtigt sein könnte, erschreckte Tanja keineswegs. Sie war bereit, die schwersten Prüfungen auf sich zu nehmen. Nachdem sie die Erlaubnis erwirkt hatte, bei Bilodo bleiben zu dürfen, hockte sie auf einem Stuhl neben seinem Bett, wild entschlossen, wenn nötig, bis in alle Ewigkeit über ihn zu wachen. »Ich bin da, mein Liebster«, flüsterte sie ihm ins Ohr und passte ihren Herzschlag dem langsamen Rhythmus der Maschine an, die mit hypnotischem Piepsen den seinen wiedergab.

~

Am darauffolgenden Nachmittag saß Tanja dösend auf ihrem Stuhl und und wiegte ihren Kopf hin und her, als plötzlich eine Dame mit einem Sträußchen Vergissmeinnicht auftauchte. Da sie nicht das Geringste über Bilodos familiäre Situation wusste, nahm Tanja an, dass es sich möglicherweise um eine Verwandte handelte – vielleicht seine Mutter? Die Dame stellte sich als Madame Brochu vor. Sie gab sich als Bilodos Vermieterin zu erkennen, Eigentümerin des Hauses, vor dem sich der Unfall ereignet hatte, und teilte Tanja mit, dass sie von ihrer Außentreppe aus ihren heldenhaften Einsatz beobachtet habe.

»Was für eine Tragödie!«, klagte sie. »Wenn ich gewusst hätte … Wenn ich geahnt hätte …«

Tanja bemerkte, es handele sich um einen Unfall, den man schließlich nicht habe vorhersehen können, was Madame Brochu keineswegs tröstete:

»Ich habe das Gefühl, eine Mitschuld zu tragen«, beharrte die Dame. »Ich kann natürlich nichts dafür, doch frage ich mich allmählich, ob auf dieser Wohnung nicht ein Fluch liegt. Schließlich ist es der zweite Mieter, der vor meinem Haus von einem Lastwagen angefahren wurde.«

»Der zweite?«, fragte Tanja erstaunt.

»Allerdings«, bestätigte Madame Brochu mit schuldbewusster Miene. »Auf diese Weise ist auch der vorherige Mieter, der arme Monsieur Grandpré, ums Leben gekommen.«

»Gaston Grandpré?«, fragte Tanja erstaunt.

»Kannten Sie ihn?«

»Nicht direkt«, stammelte Tanja. »Er wohnte also bei Ihnen?«

»Ja, bevor Monsieur Bilodo eingezogen ist. Ein höflicher, zuvorkommender Mieter, ganz unauffällig. Jedenfalls bis zu dem Tag, als dieser Lastwagen ihn vor dem Haus angefahren hat, genau an derselben Stelle wie Monsieur Bilodo – und vor genau einem Jahr. Ein seltsames Zusammentreffen, finden Sie nicht?«

Tanja betrachtete den schlafenden Bilodo. Die Feststellung von Madame Brochu traf zu: Seit dem letzten Unfall war auf den Tag genau ein Jahr vergangen. Sie erinnerte sich an jene seltsame Vorahnung, die sie beim Anblick von Bilodos befremdlicher Verwandlung gehabt hatte, an jenen Eindruck einer physischen Ähnlichkeit mit jemandem, den sie nicht gleich zu benennen vermochte, über dessen Identität jedoch auf einmal kein Zweifel bestand – Gaston Grandpré. An ihn hatte sie bei Bilodos Anblick denken müssen.

Madame Brochu hatte recht: Ein so ungewöhnliches Zusammentreffen konnte kein Zufall sein. Was mochte Bilodo dazu bewogen haben, die Wohnung des Verstorbenen zu mieten? Und wie ließ sich die unglaubliche Wiederholung der Umstände, unter denen sich Grandprés Unfall ereignet hatte, erklären? Welche Verbindung bestand zwischen den beiden Männern? Tanja erinnerte sich daran, dass Bilodo den Eindruck erweckt hatte, als habe ihn Grandprés Tod stark mitgenommen. Immer wieder hatte er sich in den Tagen danach an den Lieblingstisch des Mannes mit der roten Nelke gesetzt und Tanja gebeten, ihm Grandprés bevorzugte Speisen zu bringen, um dann, mit niedergeschlagener, abwesender Miene aus dem Fenster blickend, lustlos vor sich hin zu kauen. Tanja hatte sich gefragt, warum der Tod eines Unbekannten ihm dermaßen zu Herzen ging. Grandpré war zwar in seinen Armen gestorben, was gewiss ein traumatisches Erlebnis gewesen war, doch kam ihr eine solche Reaktion dennoch übertrieben vor – umso mehr, als die beiden Männer, soweit Tanja wusste, kein einziges Wort miteinander gewechselt hatten. Bilodos düstere Stimmung war zum Glück Ende September verflogen, kurz bevor er überraschend eine Leidenschaft für die japanische Dichtkunst entwickelt hatte, und Tanja hatte nicht weiter darüber nachgedacht. Auf einmal hatte sie jedoch allen Grund zu der Annahme, dass es zwischen Bilodo und Grandpré eine Verbindung gegeben haben musste. Welcher Art mochte dieses heimliche Einverständnis gewesen sein?

»Es ist doch zu merkwürdig«, fuhr Madame Brochu fort. »Ich befürchte, ich muss die Polizei benachrichtigen.«

»Die Polizei?«, rief Tanja aus. »Warum denn?«

Madame Brochu musterte sie streng und fragte sie, in welchem Verhältnis sie zu Bilodo stehe. Ohne mit der

Wimper zu zucken, hielt Tanja ihrem argwöhnischen Blick stand und beteuerte, sie sei eine gute Freundin.

»Sie scheinen ein anständiges Mädchen zu sein«, befand Madame Brochu schließlich. »Ich glaube, Sie haben das Recht, Bescheid zu wissen. Kommen Sie«, forderte sie Tanja auf.

»Wohin?«

»In Monsieur Bilodos Wohnung. Ich muss Ihnen etwas zeigen.«

~

Der Schlüssel drehte sich im Schloss. Madame Brochu betonte, normalerweise verschaffe sie sich nicht auf diese Weise Zutritt zu den Wohnungen ihrer Mieter, sie habe es sich nur dieses eine Mal ausnahmsweise gestattet, nachdem Bilodo mit dem Krankenwagen abtransportiert worden sei und die Haustür nach wie vor offen gestanden habe, um nämlich diese chinesische Musik abzustellen, die aus der verlassenen Wohnung gedrungen sei. Sobald Tanja den Fuß in Bilodos Bleibe setzte, wähnte sie sich im Land der aufgehenden Sonne. Die Möbel, die Raumgestaltung, die Beleuchtung, alles war japanisch oder wirkte zumindest so. Wohin auch immer Tanja blickte, sah sie einen Bonsai in seiner erzwungenen Form, einen Holzschnitt, verschiedene Statuetten: eine schmachtende Geisha, einen beleibten Mönch oder einen finsteren, schwertschwenkenden Samurai. Der Boden war mit Tatamis bedeckt, jenen weichen Matten, die wie die Teile eines riesigen Puzzles angeordnet sind.

Während sie Tanja durch diese exotische Wunderhöhle führte, erzählte Madame Brochu, Bilodo habe sich ihr kurz nach Grandprés Tod als Nachmieter vorgestellt. Er habe darauf bestanden, die Wohnung in ihrem damaligen Zustand, mitsamt den Möbeln des Verstorbenen, zu übernehmen.

In einem Raum, der zugleich als Wohn- und Esszimmer gedient haben musste, lagen bestickte Kissen um einen niedrigen Tisch verteilt, auf dem sich außer einem kleinen Zengarten ein Glasgefäß befand, in dem ein Goldfisch schwamm. Tanja vermutete, dass dies Bill sein musste, Bilodos kleiner, im Wasser lebender Gefährte, von dem er ihr in einem seltenen Moment der Vertraulichkeit erzählt hatte. Den anderen, durch einen mit blühenden Kirschbäumen bemalten Paravent abgeteilten Bereich des Raumes hatte er zum Arbeiten genutzt: Zu beiden Seiten eines Schreibtisches standen Regale voller Bücher. Und dort wies Madame Brochu mit zitterndem Finger auf den eigentlichen Grund, weshalb sie Tanja hierher mitgenommen hatte: eine Schnur, die zu einer Schlinge gefasst von einem Balken an der Zimmerdecke baumelte.

Die Schlinge schwang sacht hin und her, obwohl es nicht den geringsten Luftzug gab. Tanja konnte den Blick nicht davon lösen. Wahrscheinlich handelte es sich um die Kordel eines Morgenmantels – oder eher jenes Kimonos, den Bilodo getragen hatte, als er auf die Treppe hinaustrat. Die Nervosität, die von ihm ausgegangen war, sein desillusionierter Gesichtsausdruck, den sie aus jetziger Sicht nur als den eines Mannes deuten konnte, der mit dem Leben abgeschlossen hatte … Er hatte demnach vorgehabt, sich zu erhängen, sein Vorhaben aber nicht in die Tat umgesetzt. Hatte ihr Besuch ihn davon abgehalten? Hatte er nach ihrem Weggang seinen Plan geändert und sich wie Grandpré lieber vor einen Lastwagen geworfen? Alles bloße Vermutungen, was nichts an der Tatsache änderte, dass es kein Unfall war, sondern ein Selbstmordversuch.

»Was halten Sie davon?«, flüsterte Madame Brochu.

Tanja riss sich von dem Anblick der Schlinge los und wandte sich dem Fenster zu. Vor ihr erstreckte sich ganz friedlich die Rue des Hêtres. Tanja starrte auf die bewusste Stelle, mitten auf der Straße, wo sie Bilodo, der sein Leben hatte beenden wollen, ein neues eingehaucht hatte. War Tanja tags zuvor froh gewesen, gerade noch rechtzeitig eingegriffen zu haben, machte sie sich inzwischen Vorwürfe, zu spät gekommen zu sein: Wäre sie früher eingetroffen, hätte sie Bilodo womöglich von dieser unsinnigen Tat abhalten können. »Nur ein bisschen zu spät«, bedauerte sie. Aber war das nicht typisch für ihre seltsame Beziehung zu Bilodo?

»Der Fisch muss gefüttert werden. Das arme Tier ist ganz ausgehungert«, sagte Madame Brochu.

Während die Dame Futter in das Glasgefäß streute, worauf Bill sich augenblicklich in einen Piranha verwandelte, betrat Tanja den Arbeitsbereich. An der Wand hing das Foto einer dunkelhäutigen Frau. Zweifellos jene sagenumwobene Ségolène, um derentwillen Bilodo aus Liebe zum Dichter geworden war. Tanja war von der Schönheit der Guadelouperin, von ihrem strahlenden Lächeln beeindruckt. Ségolène war vermutlich Lehrerin, denn sie stand vor einer Tafel, umringt von heiteren Schülerinnen in Uniform, die sie voller Bewunderung ansahen, was Tanja wegen der großen Freundlichkeit, die sie ausstrahlte, nur zu gut verstehen konnte. »Kein Wunder, dass Bilodo sich in sie verliebt hat«, seufzte sie und fand sich im Vergleich zu Ségolène schrecklich beliebig. Hast du, farblose Tanja Schumpf, im Ernst geglaubt, es mit dieser charismatischen Venus von den Antillen aufnehmen zu können?

Auf dem Schreibtisch lag das Blatt Papier mit Tanjas neuer Adresse. Außerdem Bilodos Handy sowie diverse Unterlagen, doch was Tanja magisch anzog, waren die Haikus. Dutzende feinsäuberlich geordnete Gedichte auf einem akkuraten Stapel. Vermutlich Bilodos poetische Korrespondenz, jenes Renku, das er mit Ségolène unterhielt – eine Korrespondenz, die nach Tanjas Überzeugung den Schlüssel zum Geheimnis um Bilodos gequälte Seele barg. Tanja wollte diese Fährte unbedingt weiterverfolgen. Sie brauchte bloß die Hand auszustrecken, um ihre Neugier zu befriedigen und herauszufinden, warum Bilodo sich das Leben hatte nehmen wollen. Allerdings scheute sie sich, dies in Gegenwart von Madame Brochu zu tun, weshalb sie vorgab, dass die Gedichte sie nicht weiter interessierten.

»Man muss die Behörden benachrichtigen, meinen Sie nicht?«, fragte die Dame beunruhigt.

Um zu verhindern, dass die Polizei sich in Bilodos Angelegenheiten einmischte, legte Tanja Madame Brochu nahe, niemandem von diesem Selbstmordversuch zu erzählen; sie versprach ihr, persönlich Bilodos Arzt zu informieren, der die nötigen Maßnahmen hinsichtlich einer psychologischen Begleitung in die Wege leiten würde. Ein Vorschlag, in den Madame Brochu erleichtert einwilligte.

»Ich kann mich auch um den Fisch kümmern«, bot Tanja an. »Und bei der Gelegenheit ein wenig aufräumen.«

Madame Brochu nahm ihr Angebot gern an, erleichtert, in absehbarer Zeit keinen Fuß in diese Wohnung setzen zu müssen, die ihr, wie sie beteuerte, eine Gänsehaut bescherte. Sie gab Tanja, die sie bis zur Tür begleitete, einen Schlüssel. Sobald Madame Brochu fort war, verriegelte Tanja die Tür und lehnte sich erleichtert dagegen: Sie hatte nunmehr freien Zutritt zur Wohnung und konnte ungehindert ihre Nachforschungen betreiben. Sie würde dem Geheimnis auf den Grund gehen und herausfinden, was Bilodo in eine derartige Verzweiflung getrieben hatte, dass er sich das Leben hatte nehmen wollen.

Als Erstes stieg sie auf einen Stuhl, um die von der Decke baumelnde Kordel abzunehmen.

# 7

*Von den Wangen des Vulkans*
*hängt ein Rosenkranz*
*aus Wasserfällen*


*Der Strand in HD*
*auf dem Bildschirm der Metro*
*Sonne garantiert*


*Die Königspalmen*
*mustern von oben*
*den Jungen auf dem Fahrrad*


*Die Raupe startet*
*im Wettkampf gegen sich selbst*
*einen Marathon*

*Nachbarin Aimée*
*im geblümten Kleid ist sie*
*zum Begießen schön*

So ging es immer weiter, im Rhythmus von einem Gedicht pro Seite. Die Haikus waren nicht datiert, aber da sie um Bilodos Akribie wusste, nahm Tanja an, dass sie chronologisch geordnet waren.

*Scharf, diese Accras!*
*Selbst ein Gelähmter*
*würde Flamenco tanzen*

*Das Kind macht erste Schritte*
*ahnt nicht dass am Ziel*
*nur sein Grab wartet*

*Da sind nur noch zwei Federn*
*im off'nen Käfig*
*Die Katze schleckt sich*

*Die schlummernde Stadt*
*zeigt ihren Leib aus*
*lauter Gold und Edelstein*

*Abrakadabra!*
*Der Hut ist ganz leer*
*wo steckt nur das Kaninchen?*


Ségolènes Haikus dufteten zart nach Zitrusöl. Sie wechselten sich, in Schönschrift geschrieben, mit Bilodos Haikus ab, wobei jedes einzelne in der Art eines Traumfängers im Gespinst seiner siebzehn Silben eine flüchtige Vision, den Ausschnitt eines Traums, ein funkelndes Quäntchen Ewigkeit einfing. Im Vergleich zu diesem Bukett aus farbigen Bildern musste Bilodo sein alltägliches Umfeld, jene unbedeutende prosaische Welt, zu der Tanja gehörte, ziemlich fade vorgekommen sein.


*Lebendiger Rorschachtest*
*durchtränkt den Himmel*
*Ein Orkan zieht auf*


**Gesichter im Flug**
**Bilder dem Wind entrissen**
**und rasch verflogen**


*Sie tanzen zum Takt*
*der Bola-Trommeln*
*Teuflinnen des Karnevals*

*Den Blick zu Boden gewandt*
*vergaß ich fast den*
*Himmel über mir*


*Vanille – Curry*
*Zimtstangen – Safran*
*Malangas und Sternfrüchte*


Nach etwa fünfzig Gedichten aus demselben glasklaren
Guss veränderte sich plötzlich die Form. Bilodo wandte
sich vom Haiku ab und schrieb sein erstes Tanka. Und
da stieß Tanja auf einmal ganz unerwartet auf jenes Be-
kenntnis, von dem sie irrtümlicherweise angenommen
hatte, es gelte ihr:


*Bisweilen brauchen Blumen*
*sieben Jahre bis sie blüh'n*
*Schon seit langer Zeit*
*will ich Ihnen gestehen*
*wie innig ich Sie liebe*


Tanja fiel aus allen Wolken. Sie bedauerte, bei der ersten
Lektüre des Gedichts, im Moment ihrer größten Selig-
keit, nicht auf der Stelle tot umgefallen zu sein; bedauerte, weitergelebt zu haben, um dann zu erfahren, dass

sie lediglich das Glück einer anderen verwaltete; bedauerte vor allem, nicht diese Andere zu sein, die Bilodo vergötterte, sondern lediglich Tanja Schumpf, eine ganz gewöhnliche junge Frau und mittelmäßige Dichterin. Weil sie dennoch unbedingt erfahren wollte, was Ségolène auf dieses zarte Geständnis geantwortet hatte, blätterte Tanja weiter. Und was sie dann las, verschlug ihr den Atem. Als Bilodos Gefährtin auf diesem neuen Gebiet der großen Gefühle hatte sich die Guadelouperin nicht etwa damit begnügt, mit ihm Schritt zu halten. Nein, sie war kühn vorausgeprescht und hatte ihm ein entschieden aphrodisisches Tanka geschickt:

*Stickig heiße Nacht*
*feuchte Laken, die*
*auf Schenkeln, Lippen glühen*
*Ich suche Sie, verlier' mich*
*bin die erblühte Blume*

Diese Zeilen waren eindeutig als Aufforderung gedacht und hatten ihre Wirkung offensichtlich nicht verfehlt: Bilodo hatte sich nicht lange bitten lassen und sich kopfüber in die Welt der Sinnesfreuden gestürzt:

*Sie sind nicht nur die Blume*
*Sie sind der Garten*
*Ihr Duft betört mich*
*in Ihre Blüte dring' ich*
*zu laben mich am Honig*


*Ich neige mich vor*
*mit geöffneter Blüte*
*Trinkt aus meinem Kelch*
*den Nektar den ich braue*
*berauscht Euch weidlich daran*


*Was ich da trinke*
*macht mich nur noch durstiger*
*Köstlich der Honig*
*der von Ihren Lippen fließt*
*ich labe mich an Ihnen*


Von da an wurden die Gedichte immer entfesselter, atemloser, und zwischen die Zeilen dieser erotischen Tankas mischten sich auch noch hitzige Haikus:


*Ihre Worte sind*
*berührend, ja liebkosend*
*sie erregen mich*

Und was wenn diese Worte
die Sie erregen
lauter Zungen sind


Ich presse mein Kopfkissen
zwischen die Schenkel
das genügt mir nicht


Glückliches Kissen
Wär' ich doch an seiner statt
dicht an deinem Leib


Ich nehme dich in mich auf
du machst mich wunschlos glücklich
Die Hitze unsrer Körper
lässt uns beinah zu
einem verschmelzen


Dein Atem wird kurz
ich flüstere in dein Ohr
seufze: Ségolène

*Plötzlich steigt die Flut*
*reißende Ströme*
*überfluten mein Delta*


*Ich stürze ins Nichts*
*an dich geklammert*
*du bist überall zugleich*


*Aus dem Großen Knall*
*entsteht eine neue Welt*
*unendlicher Lust*


Tanja stieg die Hitze in die Wangen. Sie schämte sich
auf einmal, sich die Gefühle anderer einzuverleiben.
Um ihre Sinne zu beruhigen, nahm sie eine Dusche,
wobei sie den Warmwasserhahn immer weiter zudrehte.
Nachdem sie sich erfrischt und einen starken Kaffee getrunken hatte, fühlte sie sich gerüstet, mit der Lektüre
fortzufahren. Über einige Blätter hinweg strebten die
Gedichte immer weiter auf einen erotisch-poetischen
Höhepunkt zu. Danach veränderte sich der Tonfall: Es
tauchten wieder zunehmend Tankas auf, die innig klan-
gen, wie zarte Geheimnisse, die man einander ins Ohr
flüstert:

*Mir träumte ich erwache*
*an Ihrer Seite*
*im Morgengrauen*
*Das wäre ohne Zweifel*
*der schönste Morgen der Welt*


*Ach, die Entfernung*
*die zwischen uns liegt*
*doch was ist schon Entfernung*
*Auf meiner Herzenskarte*
*ist nichts was uns trennt*


*Ich erfinde uns*
*eine eig'ne Welt*
*in der Zeit nicht existiert*
*einen ewigen Samstag*
*eine fünfte Jahreszeit*


Bilodo und Ségolène hatten noch weitere überaus romantische Gedichte ausgetauscht, dann endete die Kette mit einem Tanka der Guadelouperin, das offenbar erst kürzlich abgeschickt worden war:

*Als Kind träumte ich*
*oft vom kanadischen Herbst*
*ich hab' mein Ticket*
*ich fliege am zwanzigsten*
*wollen Sie mich empfangen?*

Damit konnte nur eines gemeint sein: Ségolène kündigte ihre Ankunft in Montreal für den 20. September an – also in etwas mehr als zwei Wochen. Tanjas Adrenalinspiegel schoss in die Höhe. Der Besuch der Guadelouperin würde ihre ohnehin geringen Chancen, Bilodos Herz zu erobern, zweifellos zunichtemachen. Würde sie von der leibhaftigen Ségolène nicht auf der Stelle in den Schatten gestellt werden, der Bilodo sich beim Anblick ihrer herrlichen Schönheit verzückt zu Füßen werfen würde?

Tanja hatte das beklemmende Gefühl, als würden die Wände um sie herum immer näher rücken.

~

Bilodo war in ein Zimmer verlegt worden, in dem er unter ständiger Beobachtung stand. Er schlief weiterhin und war mit der Welt nur über ein Gewirr aus Kabeln und Schläuchen verbunden. In der gedämpften Atmosphäre des Raumes konnte sich Tanja ein wenig entspannen. Ihr kritischer Geist gewann wieder die Oberhand, und sie stellte sich auf einmal die Frage, ob zwischen

Ségolènes bevorstehender Ankunft und Bilodos Selbst-mordversuch womöglich eine Verbindung bestand.

Über die Aussicht, jene Frau, die er aus der Ferne lieb-te, bald persönlich kennenzulernen, hätte er sich doch eigentlich freuen müssen. Stattdessen schien ihn die Nachricht dazu bewogen zu haben, sich das Leben zu nehmen. Wie ließ sich diese emotionale Ungereimtheit erklären? Warum hatte sich die Nachricht von Ségo-lènes Besuch so verheerend auf Bilodo ausgewirkt?

In ihrer Ratlosigkeit musste Tanja sich damit begnü-gen, dieses neuerliche Rätsel auf ihrer geistigen Schiefer-tafel zu notieren. Bei der ersten Bestandsaufnahme der Fakten, die sie durch ihre Nachforschungen hatte zu-tage fördern können, fiel die Bilanz zugegebenermaßen eher mager aus: Was Bilodo und Grandpré tatsächlich miteinander verband, blieb genauso im Dunkeln wie die frappierende Ähnlichkeit der beiden Unfälle. Sie konnte sich keinen Reim darauf machen.

Ségolène würde in zwei Wochen eintreffen: Genauso viel Zeit blieb Tanja, um dieses Rätsel aufzuklären und dann zu entscheiden, wie sie weiter vorgehen sollte.

# 8

Ségolène lächelte.

Tanja nahm das Foto von der Wand und versuchte vergeblich, ein Gefühl des Hasses für die Guadelouperin aufzubringen. Wie konnte man ihr einen Vorwurf daraus machen, dass sie eine Liebe auf Leben und Tod hervorrief? Auf der Rückseite des Fotos war zu lesen: »*Ich freue mich sehr, Ihre fotografische Bekanntschaft gemacht zu haben. Hier sehen Sie mich mit meinen Schülern.*« Sie hatten sich also gegenseitig Fotos geschickt.

Tanja nahm ihre Nachforschungen auf. Als Erstes durchsuchte sie Bilodos Handy. Die Anrufliste und das Adressbuch waren leer. Der Apparat hatte offenbar vor allem als Kamera gedient: Es fanden sich zahlreiche Fotos von Bill und kurze Videos darüber, wie der Fisch in seinem Glas schwamm. Daneben hatte Bilodo die unterschiedlichsten Wolkenformationen festgehalten. Außerdem gab es eine Fülle zusammenhangloser Bilder: ein zugefrorenes Schlagloch; Kinder, die in einer Gasse Hockey spielten; ein eingeschneites Auto; ein lächelnder

Obdachloser auf einer Bank; ein Eichhörnchen, das sich eine Erdnuss schnappte; Kellner, die an einem Wettrennen durch das Quartier Latin teilnahmen; ein rosafarbener Schlüpfer, der an einer Wäscheleine hing, sowie weitere Momentaufnahmen, die die poetische Seite des Alltäglichen einfingen. Stoff für Haikus?

Tanja wandte sich den Schreibtischschubladen zu. Die erste enthielt kalligrafisches Material, mehrere Zeitungsartikel über die Kunst des Haiku-Schreibens sowie Gaston Grandprés Todesanzeige.

Die zweite Schublade enthielt persönliche Dokumente, Auszüge aus dem Geburtenregister und diverse andere Bescheinigungen, die Bilodos Existenz offiziell bestätigten. In einem Umschlag entdeckte Tanja einen Zeitungsausschnitt, in dem über einen Unfall berichtet wurde, der sich vier Jahre zuvor in Vieux-Québec ereignet hatte. Sie erinnerte sich noch gut daran, denn der Vorfall hatte damals Aufsehen erregt: Die Kabel einer Standseilbahn waren gerissen und die Wagen am Fuße des Felsens zerschellt, es hatte sieben Tote gegeben. Außer dem Artikel befanden sich in dem Umschlag noch ein Foto und zwei Schriftstücke: die Sterbeurkunden von Alain Bilodo, dreiundfünfzig, und Nancy Lavoie-Bilodo, neunundvierzig Jahre alt. Beide Namen standen, wie Tanja feststellte, auf der Liste der Opfer. Das Foto war älter. Es zeigte eine dreiköpfige Familie, die vermutlich vor besagter Seilbahn posierte, einige Jahre vor der Tragödie: ein Mann und eine Frau mit freudlosem Gesichtsausdruck, in ihrer Mitte ein magerer Junge, in dem Tanja den etwa zehnjährigen Bilodo erkannte. Zwischen den beiden Erwachsenen wirkte der kleine Bilodo etwas eingeschüchtert. »Mama, Papa und ich in Vieux-Québec«, las Tanja gerührt auf der Rückseite des Fotos. Sie war fasziniert von Bilodos Handschrift: Es war eine andere als die, in der er seine Haikus verfasste. Tanja erklärte sich diese Diskrepanz damit, dass die Worte vor langer Zeit in einer kindlichen Schrift notiert worden waren.

Die dritte Schublade war verschlossen. Tanja durchsuchte die Wohnung nach dem Schlüssel. Dabei machte sie einige ungewöhnliche Entdeckungen. So stieß sie etwa auf ein Herbarium, das wahrscheinlich Grandpré gehört hatte und auf dessen Seiten jeweils eine seit ewigen Zeiten getrocknete Nelke klebte. Außerdem entdeckte sie in der Kommode im Schlafzimmer eine erstaunliche Sammlung unzähliger einzelner Socken, man hätte einen Tausendfüßler damit beglücken können. Aus einer Tasche von Bilodos Briefträgerjacke zog Tanja schließlich ein Bund mit Schlüsseln hervor, von denen einer in das Schloss der dritten Schublade passte.

Es war ein Aktenschrank, in dem sich mehrere Ordner befanden. Der erste enthielt Hunderte Fotokopien von handschriftlich verfassten Briefen, die von den unterschiedlichsten Absendern stammten. Der älteste trug ein Datum, das vier Jahre zurücklag. Die Briefe stammten aus aller Herren Länder, aus Port-Cartier, Whitehorse, Salem, Las Vegas, Kandahar, Melbourne … Doch war kein einziger an Bilodo gerichtet. Tanja fragte sich,

wie er zu einer solchen Sammlung privater Briefe gekommen sein mochte. Hatte er etwa …

Es schien unvorstellbar, aber war Bilodo womöglich
ein indiskreter Briefträger, der Briefe heimlich las, bevor
er sie zustellte?

~

Das war gar nicht so unwahrscheinlich, erst recht nicht,
wenn man um Bilodos Eigenheiten wusste. Tanja stellte
sich vor, wie er seine tägliche Runde machte und in seiner
Tasche einen handgeschriebenen Brief entdeckte – eine
wahre Rarität im heutigen Zeitalter der elektronischen
Vernetzung. Ja, es war durchaus vorstellbar, dass Bilodo
auf diese Weise zwei, drei Briefe pro Woche abfing, mit
nach Hause nahm, über Wasserdampf öffnete und dann
Kopien anfertigte, bevor er sie am darauffolgenden Tag
in die Briefkästen ihrer rechtmäßigen Adressaten warf.
Es war lediglich eine Hypothese, doch fiel es Tanja nicht
schwer, sich auszumalen, wie der Einzelgänger Bilodo
Gefallen daran gefunden haben mochte, sich auf diese
Weise in das Leben anderer einzuschleichen.

Tanja machte noch andere überraschende Entdeckungen. Dem nächsten Ordner entnahm sie ein Manuskript
mit dem Titel *Enso*. Auf dem Titelblatt war ein schwar-
zer Kreis mit ausgefransten Konturen zu sehen – und
der Autor war niemand anderer als Gaston Grandpré.
Neugierig schlug sie das Manuskript auf, auf der ersten
Seite standen lediglich drei Zeilen:

So wie das Wasser
den Felsen umspült
verläuft die Zeit in Schleifen


Das Manuskript bestand aus etwa sechzig Seiten mit jeweils einem einzigen Haiku. Grandpré hatte sich demnach ebenfalls mit japanischer Dichtkunst beschäftigt, und zwar so ernsthaft, dass er sogar einen Gedichtband geplant hatte.

Dem Manuskript war in einem noch offenen Umschlag ein Brief an den in Montreal ansässigen Verlag Fibonacci beigefügt, in dem Bilodo der Veröffentlichung des Manuskripts *Enso* zustimmte. Offenbar hatte Bilodo dem Verlag nach Grandprés Tod dessen Gedichte angeboten, und zwar mit Erfolg. Tanja bemerkte, dass der nicht unterschriebene Brief auf den Tag seines Selbstmordversuchs datiert war.

Tanja legte das Manuskript beiseite und nahm den Inhalt des letzten Ordners unter die Lupe, der sich als enttäuschend erwies: etwa fünfzig geöffnete, mit Briefmarken aus Guadeloupe geschmückte leere Umschläge. In der linken oberen Ecke stand Ségolènes Adresse in Pointe-à-Pitre. Den Poststempeln zufolge waren die Briefe – zweifellos mit ihren Haikus – im Laufe der letzten zwölf Monate verschickt worden. Tanja seufzte. Sie hatte inzwischen allen Grund zu der Annahme, dass Bilodo so etwas wie ein postalischer Voyeur war, und Grandprés Manuskript stellte eine direkte Verbindung zwischen den beiden Männern her: Ihre Untersuchung machte zwar gewisse Fortschritte, doch konnte sie sich des ärgerlichen Eindrucks nicht erwehren, auf der Stelle zu treten. »Was bist du doch für eine erbärmliche Detektivin, Tanja Schumpf!«, sagte sie sich, während sie die leeren Umschläge wieder in dem Ordner verstaute. Da fiel ihr plötzlich ein Detail auf: Die Umschläge waren an Grandpré adressiert.

Nicht etwa an Bilodo, sondern an Gaston Grandpré.

Tanja überprüfte es noch einmal. Die Briefe waren allesamt an den Verstorbenen gerichtet. Einen Moment lang war ihr alles schleierhaft. An Grandpré hatte Ségolène also geschrieben? Oder geglaubt zu schreiben? Dann ging ihr ein Licht auf: Grandpré musste der ursprüngliche Adressat der Haikus gewesen sein. Ségolène hatte ihm, da sie nicht wusste, dass er seit einem Jahr tot war, weiterhin geschrieben, nicht ahnend, dass Bilodo ihre Briefe las und ihr antwortete.

Es gab demnach nur die eine Erklärung: Bilodo hatte sich als Grandpré ausgegeben.

~

Bilodo musste von der poetischen Korrespondenz zwischen Grandpré und Ségolène Wind bekommen und sich unsterblich in die schöne Frau aus Guadeloupe verliebt haben. Als durch Grandprés Tod die Quelle dieser für ihn so kostbaren Korrespondenz zu versiegen drohte, hatte Bilodo den kühnen Entschluss gefasst, in die Rolle des Verstorbenen zu schlüpfen. Dank seines Talents für die Kalligrafie war es ihm zwar leichtgefallen, Grandprés Schrift nachzuahmen, doch musste er sich erst noch mit der japanischen Dichtkunst vertraut machen – Tanja erinnerte sich daran, mit welcher Hingabe er sich auf einmal der Kunst des Haiku-Schreibens gewidmet hatte.

Bilodo hatte die mit diesem Rollentausch verbundene höchst seltsame Logik auf die Spitze getrieben, indem er die Wohnung des Toten gemietet und bezogen hatte, die eigentlich für Grandpré bestimmten Gedichte in Empfang genommen und an seiner statt beantwortet hatte – alles für Ségolènes Liebe.

Das also war die fixe Idee, die Bilodo nicht losließ. Und so erklärte sich auch, warum er sich das Leben hatte nehmen wollen: als nämlich der Brief eintraf, in dem Ségolène ihr Kommen ankündigte. Bilodo hatte begriffen, dass er in der Falle saß, denn Ségolène wusste, wie Grandpré aussah: Sie hatten Fotos ausgetauscht – und da war sein Fantasiegebilde auf einmal in sich zusammengestürzt. Der mentale Prozess, über den er sich in einem solchen Maße mit dem Verstorbenen identifiziert hatte, dass er sogar die Umstände seines Todes nachgestellt hatte, blieb nach wie vor rätselhaft, aber sein Motiv war nunmehr sonnenklar: Er war sich sicher, demnächst entlarvt zu werden. Um Ségolène nicht den Schwindel gestehen zu müssen, war ihm der Freitod als Ausweg erschienen.

~

Der Arzt berichtete Tanja, die Symptome des Schlaganfalls, unter denen Bilodo litt, würden sich auf zufriedenstellende Weise zurückbilden. Falls sich sein Zustand weiterhin verbessere, könne man die Beruhigungsmittel reduzieren und ihn Schritt für Schritt aus dem künstlichen Koma holen.

»Nur keine Sorge, er wird irgendwann aufwachen«, beruhigte sie der Arzt.

»Aber in welcher geistigen Verfassung?«, fragte sich Tanja angesichts Bilodos lethargischer Gesichtszüge.

Bilodo musste vollkommen übergeschnappt sein. Aber was gab Tanja das Recht, sein Handeln zu verurteilen? Hatte sie sich in letzter Zeit etwa vernünftiger benommen? Zeigten ihre jüngsten Machenschaften nicht, dass sie genauso verrückt war wie er und sie beide wie füreinander geschaffen waren?

»Ja, Tanja Schumpf, du bist doch nicht mehr bei Trost, einen Wahnsinnigen wie ihn zu lieben!«, sagte sie sich. Ihre Vernunft riet ihr dringend, sich auf- und davonzumachen, bevor sie endgültig ins Schleudern geriet, das Weite zu suchen, ohne sich noch einmal umzudrehen. Stattdessen beugte sie sich über Bilodo und küsste ihn zärtlich auf die Lippen. Sie hätte sich gewünscht, dass er wie im Märchen lächelnd aufgewacht wäre, doch blieben seine Lider fest geschlossen. Er lag hilflos da, und Tanja erkannte auf einmal in aller Deutlichkeit, worin ihre Aufgabe bestand. Sie wusste, dass sie Bilodo beschützen musste. Ihn vor sich selbst schützen, vor seinen Marotten, die schuld daran waren, dass er die Orientierung verloren hatte, vor allem aber vor jener teuflischen Frau aus Guadeloupe, die demnächst in Montreal eintreffen würde.

Diese Frau durfte Bilodo nicht begegnen. Er hatte nie gewollt, dass sie herkam, hatte sich dermaßen davor gefürchtet, dass er sich lieber vor einen Lastwagen geworfen hatte. In seinem derzeitigen Zustand würde eine solche Konfrontation unweigerlich dramatische Folgen haben – ja möglicherweise einen erneuten Selbstmordversuch nach sich ziehen. Und das würde Tanja nicht dulden. Sie würde alles tun, um diese Begegnung zu verhindern.

»Fürchte dich nicht, mein Liebster«, flüsterte sie Bilodo ins Ohr. »Diese Frau wird dir bestimmt nicht wehtun, dafür werde ich schon sorgen.«

# 9

Ségolènes Flugzeug würde, falls es nicht spurlos im Bermudadreieck verschwand, am 20. September landen. Und dann?

Sie würde auf dem Flugplatz ihren lieben Briefpartner Grandpré erwarten. Der, wenn überhaupt, höchstens als Gespenst auftauchen würde. Die Guadelouperin würde in ein Taxi steigen und sich wahrscheinlich zu seiner Wohnung in der Rue des Hêtres begeben, wo sie vor verschlossener Tür stehen würde. Konnte man darauf hoffen, dass sie sich durch einen solchen Mangel an Gastfreundschaft entmutigen lassen und ins nächste Flugzeug steigen würde, um auf ihre Insel zurückzukehren? Zu schön, um wahr zu sein. Ségolène würde nicht so schnell aufgeben. Sie würde an die Türen der Nachbarn klopfen, Fragen stellen und unweigerlich bei Madame Brochu landen, die ihr eröffnen würde, dass Gaston Grandpré seit über einem Jahr tot sei. Sobald sie sich von dem Schock erholt hätte, würde Ségolène versuchen, die wahre Identität ihres Briefpartners zu ermitteln. Sie würde Madame Brochu ausfragen, die sie natürlich an Bilodo verweisen würde. Sollte Tanja Madame Brochu dazu bringen, mit ihr gemeinsame Sache zu machen? Dafür sorgen, dass die alte Klatschbase nicht zu Hause war, wenn Ségolène vor der Tür stand? Allerdings würde Grandprés unerklärliche Abwesenheit Ségolène vermutlich derart beunruhigen, dass sie sein Verschwinden schließlich der Polizei melden würde.

Wie ließen sich die zu Bilodo führenden Spuren gründlich genug verwischen?

~

*Liebe Madame Ségolène,*
*ich schreibe Ihnen, um Sie wissen zu lassen, dass Sie das Opfer einer Täuschung wurden. Es tut mir aufrichtig leid, Ihnen mitteilen zu müssen, dass Ihr Briefpartner Gaston Grandpré im vergangenen Jahr verstorben ist. Die Gedichte, die Sie nach wie vor erhalten, sind das Werk eines Betrügers. Seit Monsieur Grandprés Ableben hat er sich in seinen Briefen als dieser ausgegeben, was sich katastrophal auf seinen geistigen Zustand ausgewirkt hat: Als er von Ihrem bevorstehenden Besuch erfuhr, hat er versucht, sich das Leben zu nehmen. Momentan befindet er sich im Krankenhaus, sein Zustand ist ernst. Nicht nur in Ihrem, sondern auch in seinem Interesse möchte ich Sie dringend bitten, von Ihrer Reise Abstand zu nehmen und diese Korrespondenz zu beenden. Bleiben Sie zu Hause und*

*schreiben Sie ihm nie wieder. Vielen Dank für Ihr Verständnis.*

*Jemand, der nur Ihr Bestes wünscht.*

Tanja legte den Stift aus der Hand und las den Brief noch einmal durch. Sie war nicht überzeugt. Zwar würde Ségolène wahrscheinlich auf die Reise verzichten, wenn sie von dem Betrug erfuhr, und schleunigst sämtliche Brücken, die sie mit dem Betrüger verbanden, in die Luft sprengen; dennoch war dieser Brief kein Garant für eine endgültige Lösung des Problems. Möglicherweise würde er gar verheerende Folgen haben. Die Guadelouperin konnte ihn auch anders aufnehmen und eine Entschuldigung, wenn nicht gar irgendeine Form von Wiedergutmachung für seelische Schäden fordern. Es sei denn, das traurige Los des Urhebers dieser himmlischen Haikus rührte sie dermaßen, dass sie ihre Kränkung überwinden und mit dem nächsten Flugzeug an sein Krankenbett eilen würde – ganz zu schweigen von all den anderen möglichen Wendungen, die diese unglückselige Geschichte nehmen konnte.

Nach reiflicher Überlegung kam Tanja zu dem Schluss, den Brief wegen seiner unvorhersehbaren Folgen lieber nicht abzuschicken. Sie musste also noch einmal ganz von vorne anfangen und sich die folgende Frage stellen: Wie konnte man die Guadelouperin von Bilodo fernhalten, ohne sie über die Wahrheit aufzuklären? Tanja schrak auf, als die Klappe des Briefschlitzes an der Tür schlug – der Briefträger war da gewesen. Als sie, noch

ganz in Gedanken, nach der Post sehen wollte, blieb sie
wie versteinert im Flur stehen. Auf dem Boden lag ein
Brief von Ségolène.

~

*Ihr Schweigen beunruhigt mich*
*Soll ich noch kommen?*
*Schreiben Sie mir gleich*

Tanja las das Haiku zum x-ten Mal, um nur ja alles, was
damit gemeint sein mochte, zu erfassen. »Bilodo hat auf
ihr letztes Gedicht nicht geantwortet«, folgerte sie daraus. Es lag auch auf der Hand: Warum hätte er etwas
darauf erwidern sollen? Was hätte er auf die Ankündi-
gung eines Besuchs, der ihm keinen anderen Ausweg
ließ als den Tod, antworten sollen?

Ségolène hatte geahnt, dass irgendetwas nicht stimmte: Das war am Tonfall ihres Haikus zu erkennen. Nachdem sie vergeblich auf Grandprés Antwort gewartet
hatte, hatten sie Zweifel befallen, und sie wünschte, er
würde ihr bestätigen, dass sie in Montreal tatsächlich
willkommen war. Das änderte alles. »Sie wird sich nicht
trauen herzukommen, ohne willkommen zu sein«, stellte Tanja erleichtert fest. Das Problem klärte sich ganz
von selbst, und sie fühlte sich auf einmal federleicht. Ju-
bilierend hüpfte sie wie ein kleines Mädchen durch das
Wohnzimmer und drückte einen Kuss auf Bills gläsernes Zuhause:

»Sé-go-lè-ne wird nicht kom-men …«, sang sie für den Fisch, der wie sie vor lauter Aufregung zappelte.

»Freu dich nicht zu früh, Tanja Schumpf: Das Spiel ist noch nicht gewonnen«, bremste sie sich kurz darauf. Tanja ermahnte sich, nur ja auf dem Teppich zu bleiben, da die größte Herausforderung noch bevorstand. Zwar würde Ségolène aller Wahrscheinlichkeit nach nicht kommen, weshalb ein wesentliches Hindernis aus dem Weg geräumt war, doch würde Bilodo sie nicht so leicht vergessen: Sie müsste ihn zu der Erkenntnis bewegen, dass es sich bei der schönen Frau aus Guadeloupe ledig-lich um ein Trugbild handelte und sie, Tanja, die einzige wirkliche Frau in seinem Leben war.

~

Tanja sah dem Morgen des 20. September mit Sorge ent-gegen. Der einzige Flug aus Guadeloupe an diesem Tag sollte um 13:45 Uhr landen. Würde Ségolène tatsäch-lich kommen? Nachdem Tanja sich vergeblich danach erkundigt hatte, ob sie auf der Passagierliste stand – eine vertrauliche Information –, bezog sie um 14 Uhr auf der Terrasse eines Cafés Posten, direkt gegenüber der Woh-nung in der Rue des Hêtres. Es war der ideale Ort, um alles im Auge zu behalten: Von dort aus würde sie auf jeden Fall mitbekommen, wenn Ségolène eintraf.

Tanja wartete. Stunden verstrichen. Ségolène kam nicht. Tanja wartete gespannt weiter … Als um 20 Uhr ihrer Meinung nach nicht länger zu befürchten war, dass die Unbekannte aus Guadeloupe auftauchte, gab sie schließlich ihren Beobachtungsposten auf. Ségolène hatte offenbar begriffen, dass ihre Anwesenheit nicht erwünscht war – Tanja verspürte ihr gegenüber beinahe so etwas wie Dankbarkeit.

Zuversichtlich überquerte Tanja die Straße und klingelte bei Madame Brochu. Sie behauptete, Bilodo habe sie geschickt, um die Dame wissen zu lassen, dass er seinen Mietvertrag nicht verlängern wolle. Madame Brochu war enttäuscht, diesen ruhigen Mieter ziehen lassen zu müssen. Tanja versprach ihr, die Wohnung würde pünktlich zum Vertragsende, also Ende Oktober, geräumt, dann ging sie hinauf in Bilodos Wohnung und fütterte Bill. Auch wenn nur wenige Möbel darin standen, würde sie ein Umzugsunternehmen beauftragen und alles einlagern lassen müssen. Tanja fuhr den Computer hoch und suchte im Internet nach verschiedenen Transportunternehmen. Eine japanisch anmutende Melodie meldete den Eingang einer E-Mail. Neugierig öffnete Tanja sie. Es war eine Nachricht von Ségolène:

*Das Flugzeug fliegt fort*
*und mit ihm der Herbst*
*den ich für uns erträumte*

»Träum du nur!«, dachte Tanja, die sich nicht von der traurigen Stimmung des Haiku anstecken lassen wollte.

Für alle Fälle notierte sie sich Ségolènes E-Mail-Adresse, um sie dann mit einem erbarmungslosen *Klick* auf die Liste der blockierten Absender zu setzen und die Nachricht zu löschen. Wenn die Guadelouperin auch nur einen Funken Verstand besaß, dann würde man nie wieder etwas von ihr hören.

~

Von Ségolène gab es in den darauffolgenden Tagen nicht das geringste Lebenszeichen, abgesehen von Tanjas Albträumen. Sie ließ es vorerst dabei bewenden und widmete sich ganz Bilodo, über den sie unaufhörlich wachte. Man hielt ihn nicht mehr im künstlichen Koma und versicherte Tanja, dass er demnächst von allein aufwachen werde. Die Sorge um Bilodo nahm ihre ganze Aufmerksamkeit in Anspruch: Es war nicht der geeignete Moment für einen Umzug, weshalb Tanja den Mietvertrag für das Vorstadtapartment, das eigentlich ihr neues Zuhause hätte werden sollen, kündigte. Stattdessen mietete sie erneut ihre bisherige Wohnung, für die sich zum Glück noch kein Nachmieter gefunden hatte.

Vor lauter Erschöpfung hätte Tanja um ein Haar am Abend des 2. Oktober, kurz vor Mitternacht, das Klingeln ihres Telefons überhört. Ein Pfleger von der Intensivstation war am Apparat: Bilodo hatte die Augen aufgeschlagen.

~

»Sein Gedächtnis verloren?«, fragte Tanja bestürzt.

»Ich fürchte ja«, antwortete der Arzt, der unbedingt mit ihr unter vier Augen hatte sprechen wollen, bevor er sie zu Bilodo ließ. »Es ist eine der möglichen Folgeerscheinungen, die ich Ihnen geschildert habe, eine Auswirkung des Schädeltraumas, das er erlitten hat.«

»Erinnert er sich denn an gar nichts mehr?«

»Er erinnert sich an seine Jugend, aber danach wird alles immer nebulöser. Die letzten sechs Lebensjahre sind aus seiner Erinnerung gelöscht.«

»Hat er sein Gedächtnis für immer verloren?«, fragte Tanja besorgt.

»Das lässt sich nicht beurteilen. Die Amnesie ist vielleicht nur vorübergehend, vielleicht aber auch endgültig. In ein paar Tagen wissen wir mehr.«

Tanja durfte Bilodo besuchen, unter der Voraussetzung, dass sie ihn nicht ermüdete. Sie blieb in der Tür stehen und warf einen verstohlenen Blick in den Raum. Bilodo starrte an die Zimmerdecke. Man hatte ihn von einigen Verbänden befreit. Auf seinem rasierten Schädel prangte eine hässliche Narbe. Er sah aus wie ein Zombie.

»Hallo«, sagte Tanja und betrat das Zimmer.

Bilodo sah sie mit leerem Blick an:

»Wer sind Sie?«, fragte er mit heiserer Stimme.

Tanja ließ sich ihre Bestürzung nicht anmerken. Der Gott in Weiß hatte also nicht übertrieben: Bilodo schien keinerlei Erinnerung an sie zu haben.

»Ich bin Tanja«, antwortete sie nur.

»Tanja?«, krächzte Bilodo und musterte sie mit verstörter Miene. »Tanja …«, wiederholte er in dem Bestreben, diese Information richtig einzuordnen. »Kennen wir uns?«

Tanja öffnete den Mund, um ihn daran zu erinnern, wer sie war, wie sie ihm das Leben gerettet hatte … doch kam ihr kein einziges Wort über die Lippen. Sie schwieg, weil ihr plötzlich bewusst wurde, welche Möglichkeiten die Situation eröffnete: Falls Bilodo sich tatsächlich nicht mehr an sie erinnerte, konnte man hoffen, dass er Ségolène ebenfalls vergessen hatte.

Da keimte auf einmal eine Idee in ihr auf, eine unglaublich gewagte, so hellsichtige wie verrückte Idee, die ideale Lösung für das Dilemma, in dem sie sich befand. Hier war sie, die Gelegenheit, auf die sie so lange gewartet hatte! Sie nutzte ihre Chance und antwortete:

»Natürlich kennen wir uns. Ich bin deine Verlobte.«

# 10

Bilodo wusste nicht, welches Jahr war. Er hatte nicht die geringste Erinnerung an den Unfall, der ihm beinahe zum Verhängnis geworden wäre. Als er aus Tanjas Mund erfuhr, wie sie ihn bis zum Eintreffen des Rettungswagens am Leben erhalten hatte, war er ihr zutiefst dankbar. Er hatte sich zwar darüber gewundert, verlobt zu sein, die Tatsache aber nicht weiter infrage gestellt; er schien es zu akzeptieren, auch wenn es ihm sichtlich unangenehm war. Vor allem machte ihm jedoch das bodenlose Nichts zu schaffen, in dem seine letzten Lebensjahre verschwunden waren. Bilodo wusste zwar noch, dass er Briefträger war, aber nicht, dass er in Saint-Janvier arbeitete und wohnte. Als Tanja ihm vorsichtig Fragen stellte, wurde ihr klar, dass er sich weder ans »Madelinot« noch an das Briefverteilzentrum erinnerte. Er wusste zwar noch, in welchem Viertel er zuvor gewohnt und Briefe ausgetragen hatte, aber ansonsten – nichts, alles war wie ausgelöscht. Bei der Durchsicht seiner persönlichen Unterlagen stellte

Tanja fest, dass die Gedächtnislücke zu dem Zeitpunkt einsetzte, als die Société des Postes ihn sechs Jahre zuvor nach Saint-Janvier versetzt hatte, was für ihn ein großer Einschnitt gewesen sein musste: eine neue Umgebung – eine neue Runde – ein neues Leben ... Die Zäsur in seiner Erinnerung war nicht zufällig in jener Phase großer Umbrüche erfolgt.

Das erste Lebewesen, nach dem Bilodo sich erkundigte, war Bill, sein Goldfisch, der schon lange genug bei ihm war, um dem Vergessen zu entrinnen. Tanja versicherte ihm, dass es seinem kleinen Gefährten mit den Flossen gut gehe. Außerdem erkundigte sie sich in Bilodos Namen bei der Post und konnte ihn beruhigen: Alles sei in Ordnung. Er solle so lange krankgeschrieben bleiben, wie es sein behandelnder Arzt für notwendig erachte. Dieser ließ wissen, Bilodos Rekonvaleszenz werde voraussichtlich sechs Monate in Anspruch nehmen.

Weil er unbedingt mehr über sich erfahren wollte, stellte Bilodo immer häufiger Fragen. Tanja beantwortete sie, so gut sie vermochte, wobei sie alles, was ihn möglicherweise an Ségolène oder Grandpré erinnern konnte, tunlichst aussparte. Sie hatte sich Antworten auf alle möglichen Fragen zurechtgelegt. Da sie jede noch so geringe Information zu seiner Person eingeholt hatte, fühlte sie sich gerüstet, ihm jegliches biografische Detail liefern zu können, über das eine dieser Bezeichnung würdige Verlobte verfügen sollte.

~

Aus Sorge um sein Erinnerungsvermögen, vielleicht
aber auch aus Takt hatte Bilodo das heikle Thema ihrer Liebesbeziehung zunächst bewusst vermieden. Erst
zwei Tage nach seinem Erwachen wagte er die Frage:
»Wie haben wir uns ... kennengelernt?«, stammelte
er.
»Da haben wir's«, dachte Tanja, die diese Frage bang
erwartet hatte. Sie hatte sich bestmöglich darauf vor-
bereitet und für sie beide eine aus zarten Vorgeschichten
gesponnene, passgenaue gemeinsame Vergangenheit ge-
webt. »Hoffentlich habe ich nichts übersehen«, wünschte sie sich inständig, als sie Bilodo die Lügengeschichte
unterbreitete. In einer wohldosierten Mischung aus Er-
fundenem und Realem berichtete Tanja, sie seien sich im
vergangenen Winter in einem Restaurant, in dem sie als
Kellnerin arbeitete, begegnet und seien einander auf den
ersten Blick sympathisch gewesen. Um Bilodos Hunger
nach Einzelheiten zu stillen, schilderte Tanja, wie sie sich
verstohlene Blicke zugeworfen und angelächelt hätten,
der diskrete Auftakt für die wachsende Dringlichkeit,
mit der sie einander schon nach kurzer Zeit den Hof gemacht hätten. Als sie eines Morgens das Restaurant auf-
geschlossen habe, habe vor der Tür ein rätselhaftes Paket
gelegen, mit einer einzigen roten Rose, die ganz roman-
tisch in schwarzes Seidenpapier eingeschlagen gewesen
sei. Eine reizende Aufmerksamkeit, die Tanja nach dem
Essen erwidert habe, indem sie auf Bilodos Rechnung ein
Herz mit Pfeil gezeichnet habe. Tags darauf habe ein Blumenhändler sie unter zwölf Dutzend Rosen begraben.

An jenem Mittag sei Bilodo in den Genuss eines Maispürees in Herzform gekommen. Er habe Tanja gefragt, ob sie mit ihm ausgehen wolle. Sie habe vorgeschlagen, Schlittschuh zu laufen, und an einem Januarabend hätten sie sich mitten auf dem zugefrorenen Bassin Bonsecours zum ersten Mal geküsst.

»Aha«, sagte Bilodo perplex.

»Wir waren schon bald unzertrennlich. Wir haben uns gesagt, dass wir nicht ohne einander leben könnten«, log Tanja mit einem Nachdruck, der sie selbst überraschte, den sie jedoch vor sich vertreten konnte. Schließlich handelte es sich nur um eine leichte Verfälschung der Tatsachen, mit deren Hilfe sozusagen ein technischer Fehler repariert werden sollte.

Denn so stellte sich ihr das Ganze dar: als Entgleisung des Schicksals. Dass sie und Bilodo nicht zueinandergefunden hatten, konnte nur an einer karmischen Funktionsstörung liegen, die zu beheben sie sich legitimiert fühlte. Sie würde eine Zukunft, die unpassenderweise eine falsche Richtung eingeschlagen hatte, wieder in ihre natürlichen Bahnen lenken und so die Ordnung des Universums wiederherstellen. Sie hatte alles genau geplant. Sie würde jegliche Spur von Ségolène und Grandpré aus Bilodos Vergangenheit löschen. Würde die Haikus verbrennen. Würde Bilodo ein neues Telefon kaufen, dessen Nummer ihr allein bekannt wäre. Und nach seiner Entlassung aus dem Krankenhaus würde sie ihn in ihre Wohnung mitnehmen und ihm weismachen, dass es sich um ihrer beider Zuhause handelte. Dann

müsste sie nur noch mit viel Geschick Bilodos Gefühle
erwärmen, bis er schließlich in ihre Arme sinken und
die ursprüngliche Lüge sich zu einer unverkennbaren
Wahrheit wandeln würde: Das war Tanjas Plan.

~

Bilodo zeigte sich tags darauf freudig überrascht, als
Tanja ein gläsernes Gefäß auf den Nachttisch stellte, in
dem sein Goldfisch munter seine Runden zog.

»Bill!«, rief er begeistert.

»Ich dachte, du würdest ihn gern wiedersehen«, sagte
Tanja, die froh war, ihm diese Freude zu machen.

Sie war im Taxi zum Krankenhaus gefahren, um dem
Fisch, den sie in ein Glas mit Deckel umgesiedelt hatte,
den größtmöglichen Komfort zu bieten. Sie würde ihn
zwar wieder nach Hause mitnehmen müssen, da Haus-
tiere in Patientenzimmern strengstens verboten waren,
doch erfüllte es Tanja mit Stolz, dass sie das Pflegeper-
sonal zu dieser einen Ausnahme hatte überreden können.

Als Bilodo sich über das Glas beugte, schien Bill ihn
wiederzuerkennen. Er begann sich aufgeregt im Kreis
zu drehen.

»Ich glaube, er hat dich vermisst«, sagte Tanja, die die
Flossensprache des Fisches auf ihre Weise auslegte.

»Ich ihn auch«, verkündete Bilodo. »Ich will endlich
gesund werden. Und vor allem mein Gedächtnis zu-
rückerlangen.«

»Überstürze jetzt bloß nichts. Du musst dir Zeit lassen, um wieder zu Kräften zu kommen«, erwiderte Tanja hastig, deren Prioritäten andere waren.

~

Bilodo fiel erst zwei Tage später ein, dass er seine Eltern benachrichtigen sollte. Da er keine Verwandten hatte, die ihr diese unerfreuliche Aufgabe hätten abnehmen können, musste Tanja ihm eröffnen, dass seine Erzeuger nicht mehr lebten – eine Nachricht, die Bilodo mit erstaunlicher Gelassenheit aufnahm. Tanja folgerte daraus, dass die familiären Bande offenbar nicht sehr herzlich gewesen waren.

»Ich erinnere mich noch gut an die Seilbahn. Als Kind hatte ich Angst vor ihr«, gestand Bilodo. »Meine Eltern fuhren gern damit, sonntags, nach unserem Spaziergang in der Basse-Ville, aber ich weigerte mich einzusteigen. Ich habe lieber die Treppe genommen und sie oben auf der Terrasse Dufferin erwartet. Ich mochte diese Treppe. Ich habe ihre Stufen gezählt. Es waren genau zweihundertsechsundzwanzig ...«

Tanja stellte sich gern vor, wie der kleine Bilodo, laut vor sich hin zählend, leichtfüßig die Stufen von Vieux-Québec hinauflief. Dann drängte sich ihr ein weiteres Bild auf: wie der mittlerweile erwachsene Bilodo als Briefträger mit athletischem Elan die Außentreppen an den Häusern in der Rue des Hêtres erklomm, deren Stufen er leise zählte. Unter seinen Kollegen war diese Angewohnheit kein Geheimnis: »Wie viele Stufen waren es heute Morgen, Libido?« rief man ihm zu, sobald er das »Madelinot« betrat. »Tausendvierhundertfünfzehn«, antwortete er, ohne zu zögern. Worauf die Postbeamten in schallendes Gelächter ausbrachen. Für sie war es einfach eine Marotte. Wie hätten sie auch ahnen können, dass dieses exzentrische Verhalten seinen Ursprung in Bilodos Kindheit hatte und auf die ahnungsvolle Angst eines kleinen Jungen angesichts einer furchterregenden und schließlich todbringenden Maschine zurückging?

»Montmartre!«, träumte Tanja. Montmartre mit seinen berühmten romantischen Treppen: Dorthin würde sie Bilodo eines Tages entführen. Ja, als Erstes Montmartre, aber das wäre nur der Anfang. Schließlich war die Welt voller Treppen, die nur darauf warteten, von einem aufrichtig verliebten Paar bezwungen zu werden. »Wenn deine Beine erst wieder kräftig genug sind, dann erklimmen wir gemeinsam die Treppe zu einem neuen Leben, und ich werde mit dir jede einzelne Stufe zählen«, versprach sie Bilodo insgeheim.

# 11

Die Kernspintomografie ergab eine harmlose Verletzung des präfrontalen Hirnlappens. Der Neurologe bezweifelte allerdings, dass sie der eigentliche Grund für Bilodos Gedächtnisverlust war, und zog eine Psychiaterin hinzu. Justine Tao, eine untersetzte Frau unbestimmten Alters, trug winzige, mit rosa Federn verzierte Traumfänger als Ohrringe; sie schien außerstande, einer Fliege etwas zuleide zu tun, ohne sie zuvor analysiert zu haben. Da ihr Gespräch mit Bilodo unter vier Augen stattfand, nahm Tanja im Wartezimmer Platz, wo sie aus Angst vor dem Befund der Seelenklempnerin nervös an ihren Fingernägeln kaute. Nach einer Stunde kam Justine Tao zu ihr und bestätigte, was Tanja sich sehnlich erhofft hatte: Bilodos Gedächtnis würde so schnell nicht wiederkehren. Madame Tao vermutete dahinter einen psychologischen Abwehrmechanismus, mit dem Bilodo sich unbewusst die Erinnerung an irgendein unerträgliches traumatisches Erlebnis vom Leibe hielt.

»Wirkte er in letzter Zeit gestresst auf Sie?«, fragte sie. »Hat er sich irgendwie auffällig verhalten?«

»Meinen Sie abgesehen davon, dass er die Briefe anderer ausspioniert, sich in eine Unbekannte verliebt, die Identität eines Toten angenommen und sich vor einen Lastwagen geworfen hat?«, hätte Tanja um ein Haar sarkastisch geantwortet. Stattdessen beteuerte sie nur, ihr sei nichts Besonderes aufgefallen.

»Sie sind doch verlobt, oder? Dieser Gedächtnisverlust muss für Sie eine schwere Prüfung sein«, sagte Madame Tao mitfühlend. »Sie müssen sich schrecklich hilflos fühlen ...«

Tanja war auf der Hut und stimmte ihr zu, es sei in der Tat nicht leicht, doch sie werde durchhalten. Justine Tao versicherte ihr, sie könne bei der Auflösung von Bilodos Gedächtnisblockade aktiv mitwirken, und empfahl ihr, ihn mit dem, was in den zurückliegenden Jahren sein Leben ausgemacht habe, nach und nach vertraut zu machen:

»Bringen Sie ihn, sobald er wieder halbwegs auf dem Damm ist, mit Bekannten, mit Freunden zusammen. Nehmen Sie ihn mit an Orte, die er früher gern und häufig aufgesucht hat, erinnern Sie ihn an seine Gewohnheiten. Und vor allem: Achten Sie auf eventuelle Flashbacks.«

»Flashbacks?«, fragte Tanja verblüfft.

»Das sind Gedächtnisfetzen, die ganz unerwartet wieder aufleben. Flashbacks können ein Anzeichen dafür sein, dass Bilodos Erinnerungsvermögen allmählich wiederkehrt. Und am besten lassen sich derartige Flashbacks auslösen, indem die Sinne stimuliert werden.«

»Die Sinne?«

»Das Gedächtnis der Sinne hat hervorragende Triggereigenschaften. Bereiten Sie Bilodo Mahlzeiten zu, die ihm schmecken; lassen Sie ihn etwas hören oder riechen. Manchmal genügt ein einziger Klang oder ein vertrauter Geruch, und es macht Klick. Falls es zu einem solchen Flashback kommt, ermutigen Sie Bilodo, dieser Erinnerung nachzugehen.«

Tanja versprach, ihren Rat zu befolgen – und ließ sich natürlich nicht anmerken, dass sie sich ganz sicher nicht daran halten würde. Die Empfehlungen der Psychotante kamen ihr sogar sehr gelegen – sie musste nur das genaue Gegenteil tun und aus Bilodos Umgebung alles verbannen, was auch nur im Entferntesten an seine Vergangenheit erinnern mochte.

Nicht ahnend, was sie im Schilde führte, bat Bilodo seine »Verlobte«, als sie ins Zimmer zurückkam, ihm weiter zu erzählen, wie es ihnen vor seinem Unfall ergangen sei. Tanja erfüllte ihm gern seinen Wunsch und malte in traumhaft schönen Farben ein Bild von ihrer einst so glücklichen Zweisamkeit, wobei sie ganz ungeniert Anleihen bei der einen oder anderen Szene aus ihrer Lieblingsserie im Fernsehen machte. Bilodo hörte sich alles teilnahmslos an – soweit Tanja es beurteilen konnte, nahm er ihr die Geschichten ab.

»Ich verstehe«, sagte er trotz seiner offenkundigen Ahnungslosigkeit. »Und wann wollten wir heiraten?«

»Wir hatten noch kein Datum festgelegt«, behauptete Tanja. »Auf alle Fälle müssen wir abwarten, bis du wieder gesund bist.«

»Das stimmt. Lass uns noch ein wenig warten«, pflichtete ihr Bilodo mit nachdenklicher Miene bei.

~

»Bist du jetzt völlig übergeschnappt?«, rief Noémie.

»Du wolltest doch, dass ich die Sache in die Hand nehme. Ich habe mich nur an deinen Rat gehalten.«

»Na gut, aber das hier ist der pure Wahnsinn. Das wird nie im Leben klappen.«

»Und ob es klappt«, erwiderte Tanja und bedauerte schon ein wenig, sich ihrer Freundin anvertraut zu haben. »Bilodo stellt unsere Verlobung nicht infrage. Er gewöhnt sich an die Vorstellung.«

»Das kann doch nicht gut gehen. Irgendwann wird er die Wahrheit herausfinden«, prophezeite Noémie.

»Es gibt zwar ein gewisses Risiko«, räumte Tanja ein, »aber die Wahrscheinlichkeit ist sehr gering. Er hat keine Angehörigen, niemanden, der ihm nahesteht und ihn aufklären oder mich verraten könnte.«

»Und die Frau aus Guadeloupe? Was machst du, wenn sie nicht lockerlässt?«

»Falls sie so dumm ist, hier aufzukreuzen, werde ich ihr schon zeigen, wo's langgeht«, versicherte Tanja.

»Du tickst wohl nicht mehr ganz richtig!«, erwiderte Noémie, die angesichts dieser für Tanja erschreckend untypischen Einstellung nur den Kopf schütteln konnte. »Dein Bilodo ist doch keine Festplatte, die du einfach nach Lust und Laune neu formatieren kannst. Auch wenn du's schaffst, seine Emotionen umzuprogrammieren, was ist, wenn sein Gedächtnis plötzlich zurückkehrt?«

»Das wird vielleicht nie passieren«, behauptete Tanja starrsinnig.

»Unsinn! Früher oder später wird er sich erinnern, das steht fest!«

Tanja hüllte sich in Schweigen, da sie dieses beunruhigende Quäntchen Ungewissheit nicht leugnen konnte. Genau das war der wunde Punkt ihres Vorhabens, wie sie sehr wohl wusste. Wie lange würde Bilodo ohne Gedächtnis bleiben? Was würde sie tun, wenn er sich auf einmal wieder erinnern sollte? Was zu ihrer Entschuldigung vorbringen, außer dass sie nur sein Bestes wollte?

~

Als Tanja in Bilodos Zimmer zurückkehrte, sah er sich gerade im Fernsehen einen Dokumentarfilm über den Südpol und die Wanderung der Pinguine an.

Er weinte.

Als er Tanja bemerkte, nahm er seine Kopfhörer ab und versuchte vergebens, seine Tränen zu unterdrücken.

»Warum weinst du denn?«, flüsterte sie ihm zu.

»Ich kann mich an nichts mehr erinnern«, antwortete er verzagt.

»Das ist ganz normal. Der Arzt hat gesagt, es brauche seine Zeit.«

»Es gelingt mir einfach nicht, mich an uns, an unsere Liebe zu erinnern. Verzeih«, sagte er ratlos.

»Es ist nicht deine Schuld.«

»Ich fühle mich so leer. Ich habe Angst, dass ich nicht mehr weiß, wie ich dich lieben soll«, sagte Bilodo verzagt.

Angesichts seiner großen Verzweiflung fragte sich Tanja, ob Noémie am Ende nicht doch recht hatte: War sie vielleicht zu weit gegangen, indem sie sich unvorsichtigerweise als Bilodos Verlobte ausgegeben hatte? Hatte sie sich zu Unrecht auf diese Weise Zugang zu seinem Geist verschafft und sich damit einer Art seelischer Vergewaltigung schuldig gemacht?

Bilodo nahm indessen ihre Hände und umfasste sie mit den seinen:

»Ich kann mich zwar nicht mehr daran erinnern, dich einmal geliebt zu haben, verstehe aber nur zu gut, warum ich es getan habe: Du bist einfach wunderbar, Tanja.«

»Nein«, protestierte sie, da das Kompliment, das sie unter anderen Umständen in den siebten Himmel katapultiert hätte, einen bitteren Beigeschmack hatte.

»Lass uns noch einmal von vorn anfangen«, schlug Bilodo vor. »Ich weiß nicht, ob ich dich wieder so lieben kann wie vorher, will es aber versuchen. Hilfst du mir dabei?«

»Natürlich«, antwortete Tanja unsicher.

»Ich weiß, dass ich auf dich zählen kann.«

Tanja zwang sich zu einem Lächeln, um darüber hinwegzutäuschen, wie sehr sie sich dafür schämte, Bilodos Vertrauen alles andere als verdient zu haben. »Jetzt oder nie, Tanja Schumpf!«, flüsterte ihre innere Stimme: »Wenn du schon die Uhren neu stellen musst, dann jetzt, bevor du noch mehr Schaden anrichtest.« Tanja wusste, dass der Moment gekommen war. Sie war schließlich nicht verpflichtet, Ségolène zu erwähnen. Sie würde einfach zugeben, dass sie die Geschichte mit der Verlobung leicht übertrieben, sich von ihren Gefühlen habe davontragen lassen. Lieber sollte Bilodo die Wahrheit aus ihrem Mund erfahren, solange er keinerlei Erinnerung an die Guadelouperin hatte, und nicht womöglich aus heiterem Himmel von irgendjemand anderem.

»Bilodo, ich bin nicht das perfekte Mädchen, für das du mich hältst«, hob sie an.

»Ich liebe dich«, verkündete Bilodo feierlich.

Seine Stimme war entschieden, sein Blick offenherzig. Er wollte, dass es ehrlich wirkte, setzte alles daran, sich selbst davon zu überzeugen. Tanjas Kehle schnürte sich zu. Sie schwieg, außerstande, ihr Geständnis fortzusetzen, in dem schrecklichen Bewusstsein, einen Punkt erreicht zu haben, von dem aus es kein Zurück mehr gab, jenseits dessen es nicht mehr möglich war, aufrichtig zu sein. Von nun an hatte Tanja keine andere Wahl, als das gewaltige Lügengebäude aufrechtzuerhalten. Natürlich musste Bilodo früher oder später die Wahrheit erfahren. Irgendwann einmal, wenn die Zeit ihre gegenseitige

Liebe gefestigt hätte, wenn Bilodo in ihren Augen stark genug wäre, um zu verstehen und zu verzeihen, ja, an dem Tag wollte Tanja ihm alles erzählen. Nur jetzt noch nicht, wo alles an einem seidenen Faden hing und ein falscher Schritt sie beide in den Abgrund stürzen lassen konnte. Nicht heute.

Auf dem Bildschirm schmiegten sich zwei Pinguine in der eisigen Unendlichkeit aneinander, boten einander Schutz vor dem antarktischen Wind.

# 12

Sie seien kaum aus dem Haus gegangen. Hin und wieder ins Kino, ins Restaurant oder in die Therme, am liebsten aber seien sie daheimgeblieben und hätten den häuslichen Vergnügungen gefrönt: So schilderte Tanja Bilodo, der begierig alles über ihre Beziehung erfahren wollte, wie sie vor dem Unfall ihre Tage verbracht hätten. Sie nutzte die Gelegenheit, um ihm die »gemeinsame« Wohnung zu beschreiben. Als sei es die normalste Sache auf der Welt, bereitete Tanja Bilodo auf seinen Einzug bei ihr vor.

~

Ein Pfleger brachte Bilodo das Essen. Um eine gemütliche Atmosphäre zu schaffen, hatte Tanja eine elektrische Kerze mitgebracht. Sie spielte Musik von ihrem Handy ab und packte dann den griechischen Salat aus, den sie für sich als Abendbrot aus dem »Petit Malin« mitgebracht hatte. Sie hatte sich angewöhnt, nach der Arbeit bei Bilodo zu essen.

»Ich habe keinen Hunger«, verkündete Bilodo mit einem skeptischen Blick auf seinen Teller.

Tanja hatte vollstes Verständnis für seine Vorbehalte: Auf dem Teller lagen zwei zweifelhafte Fleischstücke neben einem lächerlich kleinen Klacks aus Kartoffelbrei und ein paar zu lange gekochten Bohnen. Abend für Abend stocherte Bilodo in dem Essen herum, das man ihm brachte, und rührte fast nichts davon an – der Speiseplan war zugegebenermaßen nicht gerade dazu angetan, irgendwelche gastronomischen Leidenschaften zu wecken. Tanja bot an, ihren Salat mit ihm zu teilen, worauf er wiederholte, er habe keinen Appetit. Tanja redete ihm gut zu, er müsse wieder zu Kräften kommen, und bestand darauf, dass er wenigstens den Nachtisch aß. Bilodo hob den Plastikdeckel an, unter dem sich die Süßspeise des Tages verbarg. Es war ein Stück Zitronentarte. Die nur ganz entfernt etwas mit der köstlichen, von Monsieur Martinez im »Madelinot« zubereiteten Tarte zu tun hatte: In diesem Fall handelte es sich um einen industriell hergestellten kanariengelben Kuchen. Immerhin besser als nichts.

»Zitronentarte! Dein Lieblingsnachtisch«, flötete Tanja mit gespielter Begeisterung.

»Wirklich?«, fragte Bilodo. »Daran erinnere ich mich nicht.«

Er nahm das Kuchenstück in die Hand und schnupperte zögerlich daran. In dem Moment fiel Tanja ein, was Justine Tao über das Gedächtnis der Sinne gesagt hatte – dass ein Duft als Auslöser genügte! Vielleicht würde ja das Zitronenaroma in Bilodo die Erinnerung an den lieblichen Zitrusduft, den Ségolènes Haikus verströmten, wachrufen?

»Her damit!«, rief sie.

Tanja riss ihm das gefährliche Backwerk aus der Hand. Da sie nicht wusste, wie sie es nachhaltiger hätte verschwinden lassen können, verschlang sie es in drei Bissen. Sie schluckte den Kuchen nur mit Mühe herunter, während Bilodo sie erstaunt musterte.

»Ich liebe Zitronentarte«, sagte sie, gleichsam als Entschuldigung für diese plötzliche Anwandlung von Völlerei. »Es ist mein Lieblingsnachtisch.«

»Du hast doch gesagt, es sei meiner«, sagte Bilodo verwundert.

»Habe ich das? Ich wollte natürlich sagen, dass es meiner ist. Ich kann einer Zitronentarte einfach nicht widerstehen«, gestand Tanja. »Du kannst sie nicht ausstehen. Bist sogar allergisch gegen Zitrusfrüchte.«

»Oh je! Danke, dass du mich gewarnt hast.«

»Du schwärmst für Windbeutel, das ist dein geheimes Laster«, verkündete Tanja. »Ich bringe dir morgen welche mit. Vorausgesetzt, du isst wenigstens deine Suppe.«

»Aber nur dir zuliebe.«

Er begann, in seiner Suppe herumzurühren. Tanja entspannte sich ein wenig. Ihr war flau. »Ich muss vorsichtiger sein«, dachte sie, erleichtert darüber, dass Bilodo die Geschichte mit der Allergie ohne Weiteres geschluckt hatte – sie war um Haaresbreite einer Katastrophe entronnen. Andererseits hatte sie allen Grund zur Hoffnung: Bilodo wusste nicht mehr, dass er für Zitronentarte schwärmte, ein Beweis dafür, dass sich an seiner Amnesie nichts geändert hatte.

~

Es war der 30. Oktober: Umzugstag. Durch die mittlerweile leere Wohnung in der Rue des Hêtres hallten Tanjas Schritte. Die Möbelpacker hatten sie im Handumdrehen geräumt. Nur noch zwei Kartons waren stehen geblieben, die Tanja mitnehmen würde. In dem einen befanden sich persönliche Dinge von Bilodo, die sie in ihrer Wohnung verteilen wollte, damit er sich ein wenig heimisch fühlen konnte. Der andere Karton enthielt seine gesamte poetische Korrespondenz mit Ségolène sowie seine sonstigen Unterlagen, dazu die von Grandpré. Tanja hatte eigentlich vorgehabt, alles zu entsorgen, sich aber nicht dazu durchringen können, weil eine Art Aberglaube sie davon abhielt. Schließlich hatte sie beschlossen, den Karton mit dem explosiven Inhalt Noémie anzuvertrauen.

Sie war gerade dabei, die Wohnung besenrein zu machen, als der Briefschlitz an der Haustür klapperte. Tanja stockte der Atem. Als sie einen vorsichtigen Blick in den Flur warf, atmete sie erleichtert auf: Es war kein Brief aus Guadeloupe, sondern ein großer Umschlag von jenem Verlag, dem Bilodo Grandprés Gedichte angeboten hatte. Tanja zog einen Vertrag für das Manuskript *Enso* heraus, dazu ein kurzes Schreiben des Verlegers, in dem er sein großes Interesse an dessen Veröffentlichung bekundete. Da er auf seine telefonische Nachricht vom 29. August keine Antwort erhalten habe, erlaube er sich, diesen Vertrag loszuschicken, verbunden mit der Bitte, Grandpré möge ihn so schnell wie möglich wissen lassen, wie er darüber denke. Tanja hätte den Vertrag um ein Haar mit Grandprés gefälschter Handschrift unterzeichnet, ließ es aber doch bleiben, weil sie befürchtete, dass das Buch nach Erscheinen eines schönen Tages in Bilodos Hände gelangen und unliebsame Erinnerungen wecken könnte. Um die Zukunft nur ja nicht im Voraus zu belasten, verstaute sie den Vertrag im Karton mit den Haikus. Dann verließ Tanja, Bilodos Vergangenheit und seinen Phantomen den Rücken kehrend, die Wohnung in der Rue des Hêtres in der festen Absicht, nie wieder dorthin zurückzukommen.

~

Zu Halloween hatte man im Krankenhaus überall Kürbisse verteilt und für die Kinder von der Krebsstation einen Rundgang organisiert, um für ein wenig Aufheiterung zu sorgen. Als Tanja Bilodos Zimmer betrat, war dieser gerade dabei, an eine Horde junger leukämischer Vampire und diverse Zwergenmonster Süßigkeiten zu verteilen. Dafür hatte er sich aus Toilettenpapier ein Mumienkostüm gebastelt. Tanja war gerührt, als sie sah, wie er sich ausgelassen mit den kleinen Patienten amüsierte. »Er wäre bestimmt ein guter Vater«, dachte sie.

~

Eine rote Nelke schmückte das Knopfloch Gaston Grandprés, der auf dem regennassen Asphalt lag. Es schüttete wie aus Kübeln. Während er sein Leben aushauchte, richtete Grandpré seinen Blick auf Tanja und raunte mit versagender Stimme:

»So wie das Wasser … den Felsen umspült … verläuft die Zeit in Schleifen …«

Grandpré gab ein seltsames Röcheln von sich, und Tanja stellte verwundert fest, dass er lachte. Es war ein heiseres, gespenstisches Lachen. Grandpré lachte wie über einen schmerzlichen Witz. Dann verstummte er, erstickt von einem Hustenanfall. Seine Augen erloschen. Er tat seinen letzten Atemzug. Die zusammengekrampften Finger seiner rechten Hand lösten sich und gaben einen blutbefleckten Umschlag frei. Tanja konnte gerade noch erkennen, dass der Brief an Ségolène adressiert war, bevor er in den Rinnstein glitt, in den ein rötliches Bächlein floss. Der Brief wurde zu einem Gully getragen, wirbelte einen Moment lang im Kreis und verschwand dann in den Eingeweiden der Erde … Tanja schreckte hoch, ganz verstört wegen dieses morbiden Traums.

Als sie kurz darauf gedankenverloren unter der Dusche stand, ließ sie aus Versehen die Seife fallen. Sie beugte sich hinunter und beobachtete gebannt, wie das Wasser um ihre Füße wirbelte, bevor es vom Ausguss verschluckt wurde. Sie musste wieder an ihren Traum denken – an jenen blutigen Brief, der im Gully verschwunden war, und an die rätselhaften Worte des Sterbenden:

So wie das Wasser
den Felsen umspült
verläuft die Zeit in Schleifen

Sie kannte diese Worte. Es war das Haiku, das am Anfang von Grandprés Gedichtband *Enso* stand. Offenbar hatte der Vorfall mit dem Vertrag diesen verstörenden Traum ausgelöst. Tanja kam zu dem Schluss, dass er keinerlei Sinn ergab. Restlos überzeugt war sie davon allerdings nicht, als würde sie ahnen, dass die Aussage dieses sibyllinischen Gedichts ganz im Gegenteil von essenzieller Bedeutung war.

# 13

Auch in den folgenden Brainstorming-Sitzungen gelang
es Justine Tao nicht, Bilodos Vergangenheit zu neuem
Leben zu erwecken. Tanja erfüllte dies mit großer Ge-
nugtuung. Es gab nur einen Weg, sein wachsendes Bedürfnis nach einer eigenen Existenz zu stillen: die Geschichte ihrer einstigen Liebe, die Tanja immer weiter
ausschmückte. In körperlicher Hinsicht machte Bilodo
indessen rasche Fortschritte. Er bemühte sich bereits,
sein lädiertes Bein zu bewegen. Im November befanden
die Ärzte, er könne mit der Physiotherapie beginnen. Er
verdoppelte seine Anstrengungen. Drei Wochen später
verließ er immer wieder im Schneckentempo sein Zimmer und geisterte auf Krücken durch die Flure. Da Bilodo sich im Krankenhaus zu langweilen begann, äußerte
er wiederholt den Wunsch nach Entlassung. Schließlich
gab sein Arzt nach und entließ ihn unter der einen Be-
dingung, dass er sich bis März vom Postgebäude fern-
hielt. Bilodo solle weiterhin zur Krankengymnastik gehen und sich noch diversen anderen Untersuchungen

unterziehen, ansonsten sei er frei, zu tun und zu lassen, wonach ihm der Sinn stehe.

Als Tanja am 14. Dezember, dem Tag von Bilodos Entlassung, im Taxi saß, das sie beide zu ihnen »nach Hause« fuhr, war sie so nervös wie noch nie zuvor in ihrem Leben. Sie half ihm über die Außentreppe nach oben und führte ihn in die Wohnung, die sie angeblich seit acht Monaten miteinander teilten.

Der Glaubwürdigkeit halber hatte Tanja überall diverse Habseligkeiten Bilodos verteilt. Auf seine Krücken gestützt, ließ er den Blick durch das Wohnzimmer schweifen. Abgesehen von Bill, der in seinem Glas schwamm, erkannte er nichts wieder. Tanja führte ihn in die Küche und zeigte ihm das Badezimmer, wo sie seine persönlichen Dinge sorgsam aufgestellt hatte, sowie das winzige Gästezimmer, in dem ein Schlafsofa stand, und geleitete ihn schließlich in den letzten Raum.

»Unser Schlafzimmer«, verkündete sie.

Der Raum war sonnendurchflutet. Tanja hatte ihn frisch gestrichen und mit einer zusätzlichen Kommode möbliert, in der sie Bilodos Wäsche verstaut hatte. Sie öffnete den Schrank: Darin hingen seine Kleidung sowie seine Briefträgeruniformen.

»Sehr schön«, bemerkte Bilodo gedrückt.

»Ist alles in Ordnung?«, fragte Tanja, die befürchtete, irgendein wichtiges Detail übersehen zu haben.

»Es ist alles gut. Ich bin froh, wieder nach Hause zu kommen. Es ist nur … Ich hatte gehofft, dass ich mich an irgendetwas erinnere, aber mir ist das alles fremd.«

»Das ist ganz normal«, antwortete sie, damit Bilodo sich nur ja keine Sorgen machte.

Tanja bereitete das Abendessen vor. Bilodo gab während des Essens kaum ein Wort von sich. Er entschuldigte sich, so unkommunikativ zu sein, und vertraute Tanja an, dass ihn die Frage, was aus ihm werden solle, nicht loslasse. Geld sei kein Problem: Dank seiner Lohnfortzahlungsversicherung habe er keinerlei finanzielle Sorgen. Was ihm vor allem zu schaffen mache, sei die Frage, womit er sich während seiner Rekonvaleszenz beschäftigen solle. Die Arbeit sei für ihn von äußerst wichtiger Bedeutung, sozusagen ein Bedürfnis, und bei der Vorstellung, so lange untätig herumzusitzen, sei ihm nicht wohl: Was solle er nur mit sich anfangen?

»Es dir gut gehen lassen, wieder gesund werden: Nur das ist wichtig«, betonte Tanja.

Nach dem Essen legten sie ein paar Holzscheite in den Kamin und schalteten den Fernseher ein. Da Bilodo offenbar genauso nervös war wie sie, goss Tanja ihnen beiden immer wieder großzügig Wein nach, doch als es an der Zeit war, schlafen zu gehen, verdichtete sich die Spannung spürbar. Tanja war zugleich aufgeregt und ängstlich, wie ein Teenie vor dem »ersten Mal«. Währenddessen zappte Bilodo von einem Sender zum nächsten und machte keinerlei Anstalten, zur Tat zu schreiten. Als es immer später wurde, beschloss Tanja, die Initiative zu ergreifen, bevor sie zu betrunken war:

»Es ist spät. Wollen wir nicht schlafen gehen?«, flüsterte sie.

»Ja«, antwortete Bilodo und schaltete den Fernseher aus. »Aber ich habe eine Bitte. Macht es dir etwas aus, wenn ich im Gästezimmer übernachte?«

»...«

»Es ist alles so neu für mich. Ich bin ein wenig verwirrt«, bat er.

Tanja ließ sich nichts anmerken und versicherte, sie habe dafür volles Verständnis. Sie gingen nacheinander ins Bad und wünschten sich eine gute Nacht. Tanja ließ sich auf ihr Bett fallen, trotz allem erleichtert, dass dieser entscheidende Tag von Bilodos »Rückkehr« ohne Zwischenfall vonstatten gegangen war. Der Abschluss war zwar etwas enttäuschend, aber schließlich war es ganz normal, dass Bilodo sich erst akklimatisieren musste. Tanja tröstete sich damit, dass die kommenden Nächte gewiss umso heißer werden würden.

Am darauffolgenden Abend ließ Tanja für Bilodo ein Duftbad ein, zündete Kerzen an und legte Musik auf, die zum Träumen anregte. Unter dem Vorwand, dass ihm sein Bein wehtue, ging er jedoch lieber wieder allein schlafen. Zweifel nagten an Tanja, aber sie respektierte Bilodos Zurückhaltung.

Am nächsten Abend schloss er sich ohne die leiseste Entschuldigung, als sei es das Selbstverständlichste von der Welt, im Gästezimmer ein. Ernüchtert musste Tanja sich eingestehen, dass es ganz und gar nicht rundlief.

~

»Bilodo?«, rief sie und klopfte leise an die Tür des Gästezimmers.

»Ja?«, kam es von der anderen Seite.

»Ich möchte dir … eine gute Nacht wünschen.«

»Danke, die wünsche ich dir auch.«

Dann herrschte Stille. Tanja lehnte sich an die Tür.
Wie naiv, sich einzubilden, dass es ausreichen würde,
Bilodo bei sich einzuquartieren, um eine seit Langem
im Verborgenen keimende Leidenschaft zum Erblü-
hen zu bringen. Die Realität sah ganz anders aus: Zwei
Wochen nach seiner Ankunft schliefen sie noch immer
in getrennten Zimmern. Dabei hatte Tanja alles unternommen, um seine Sinne anzuregen. Sie war beim Fri-
sör und im Nagelstudio gewesen und hatte ein neues
Parfum aufgelegt, von dem es hieß, dass es auf Männer
stimulierend wirke. Sie hatte sich einen schlüpfrigen
Bestseller gekauft, den sie absichtlich überall herum-
liegen ließ, und machte mitten im Wohnzimmer ihre
Yogaübungen, um Bilodo mit ihrer Gelenkigkeit zu be-
eindrucken. Doch all diese erotischen Signale zeigten
offenbar nicht die geringste Wirkung. Tanja war sogar
noch einen Schritt weiter gegangen und hatte sich angewöhnt, die Tür angelehnt zu lassen, wenn sie in der
Badewanne saß, in der Hoffnung, dass Bilodo darin eine
Aufforderung sehen würde, hereinzukommen oder zumindest durch den Türspalt zu spähen. Aber ihn ließ
das alles offenbar vollkommen kalt – es war zum Ver-
zweifeln! Sie hatte ihren Wäschevorrat aufgestockt und
sich einige reizvolle kurze Nachthemden gekauft, in de-

nen sie vor Bilodo auf und ab stolzierte, doch schien ihn dieser Schachzug nur verlegen zu machen: Er wandte sich ab und flüchtete zu Tanjas Leidwesen ins Gästezimmer. Ihr blieb nichts anderes übrig, als ihm durch die Tür beim Schnarchen zuzuhören und dabei ihre nutzlosen schönen Fingernägel zu betrachten.

Bilodos Verfassung war schwer zu beurteilen. Er wirkte keineswegs unglücklich. Er lächelte oft. Wenn man sich nach seinem Befinden erkundigte, antwortete er, es gehe ihm gut. Und doch wirkte er distanziert, blieb einsilbig. Wenn Tanja von der Arbeit nach Hause kam, saß er vor einem Videospiel, von dem er sich nur ungern trennte. Sie nahm an, dass ihm seine Untätigkeit zu schaffen machte, dass er sich langweilte. Manchmal tauchte er wie aus einer Trance auf und musterte sie auf sonderbare Weise, als könne er ihre Gedanken lesen. Diese seltsamen Blicke nährten Tanjas Befürchtung, dass er ihr auf die Schliche gekommen sein könnte; sie verfolgten sie bis in ihre Träume.

»Worüber beklagst du dich, Tanja Schumpf? Hast du nicht, was du wolltest?«, fragte sie sich, wenn sie in Trübsinn zu versinken drohte, und überzeugte sich, dass alles doch gar nicht so düster aussah: Schließlich wurde die bedrückende Stimmung immer wieder von heiteren Momenten unterbrochen. Zu Weihnachten hatte Bilodo ihr ein fein ziseliertes silbernes Armband geschenkt und sie ihm ein kleines Medaillon mit ihrem Foto: »Damit du mich nie mehr vergisst«, hatte sie geflüstert, als sie es ihm um den Hals legte. Danach hatte er bereitwillig mit ihr *Was vom Tage übrig blieb* angeschaut, einen ihrer Lieblingsfilme, den sie bewusst ausgewählt hatte, da er am treffendsten ihre Beziehung symbolisierte. Tanja, die den Film in- und auswendig kannte, hatte jeden Moment ausgekostet, als sähe sie ihn zum ersten Mal, überglücklich darüber, sich gemeinsam mit Bilodo von der Geschichte mitreißen zu lassen und zu spüren, wie er an denselben Stellen erschauerte wie sie. Als Stevens, der Butler, sich am Ende im Regen für immer von Miss Kenton verabschiedet, die mit dem Bus davonfährt, waren sie beide in Tränen ausgebrochen, was in Tanja ein beglückendes Gefühl von geheimem Einverständnis auslöste.

Ein köstlicher, aber viel zu kurzer Moment. Schon am nächsten Tag war Bilodo erneut in Apathie verfallen. Videospiel, Essen, nächtlicher Rückzug ins Gästezimmer: Binnen weniger Tage hatte sich wieder dieselbe eintönige Routine eingestellt. Tanjas Selbstbewusstsein war angeknackst: Wie ließ sich nur die Leidenschaft dieses unerschütterlichen Briefträgers entfachen? Musste sie sich erst noch das Wappen der kanadischen Post tätowieren lassen?

~

Ihren einzigen Ausweg sah sie schließlich in jenem haitianischen Liebestrank, dessen aphrodisierende Wirkung Noémie so gepriesen hatte. Noch am selben Abend tröpfelte sie davon die doppelte Dosis in Bilodos Bœuf Stroganoff, der danach allerdings genauso wenig verliebt wirkte wie sonst. Nach dem Abendessen wählte Tanja eine CD mit Bossa nova und forderte Bilodo zum Tanz auf. Sie ließ sich von seiner verlegenen Weigerung nicht etwa entmutigen, sondern zog ihn an sich. Sie wiegte sich verführerisch zum Rhythmus der Musik, hängte sich an seinen Hals und küsste ihn – zumindest versuchte sie, ihn zu küssen, denn in seiner Verblüffung ließ Bilodo zunächst alles mit sich geschehen. Doch rasch befreite er sich aus Tanjas Umarmung und verkündete, er gehe jetzt schlafen.

»Warte«, sagte sie und griff nach seiner Hand. »Warum bist du nur so distanziert?«

»Ich bin müde«, schützte er vor.

»Bilodo, ich liebe dich«, eröffnete sie ihm voller Leidenschaft.

»Ich dich auch, aber ich fühle mich so leer«, antwortete er mit erloschenem Blick. »Ich dachte, meine Gedanken würden sich klären, wenn ich erst einmal zu Hause wäre, aber da ist nach wie vor diese große Gedächtnislücke ... Ich bin ein Fremder in meiner eigenen Haut.«

Bilodo zog sich zurück. Als Tanja einmal mehr hörte, wie die verflixte Tür des Gästezimmers zuging, seufzte sie und machte sich daran, die Weinflasche allein zu leeren. Kurz darauf, in einem überraschend lichten Moment, wie sie einem die Trunkenheit bisweilen beschert, musste sie einräumen, einen groben Fehler begangen zu haben, als sie versucht hatte, Bilodo in ihr Bett zu locken. Dieser war ganz offensichtlich nicht bereit dafür. Sie hatte das Gefühl, von Anfang an einen falschen Weg eingeschlagen zu haben. Sie hätte zuerst seine Gefühle wecken müssen, bevor sie seine Sinne ansprach. Erst dann, wenn Bilodo wieder Herr seiner Emotionen und seiner Liebesfähigkeit wäre, käme der Moment, sich fleischlichen Gelüsten hinzugeben.

Vor allem anderen also musste es Tanja gelingen, Bilodos Seele zu berühren.

~

Als Tanja am Silvesterabend durch die verschneiten Straßen von der Arbeit nach Hause ging, stellte sie mit Freuden fest, dass kein Videospiel lief. Bilodo saß am Küchentisch. Er beschäftigte sich mit Kalligrafie.

Tanja hatte auf einmal ein mulmiges Gefühl. Handelte es sich um einen jener Flashbacks, von denen Justine Tao gesprochen hatte? War es ein Anzeichen für das Wiedererwachen seines Gedächtnisses?

Bilodo verwendete die Federn und das Heft, mit denen Tanja sich zwei Jahre zuvor mit der Kalligrafie vertraut gemacht hatte. Wahrscheinlich hatte er das Material in der Schublade entdeckt, in der sie es verstaut und dann vergessen hatte.

»Ich wusste gar nicht, dass du Kalligrafie magst«, sagte Bilodo.

»Ja, sehr sogar«, gestand Tanja.

»Das ist interessant. Ich schwärme auch dafür.«

Flashback hin oder her, es war nicht mehr rückgängig zu machen. Gotische Buchstaben reihten sich auf dem Papier aneinander, das Resultat hingebungsvoller Arbeit. Bilodo fand sichtlich Vergnügen daran. Da Tanja kein Vorwand einfiel, ihn davon abzuhalten, setzte sie sich an den Tisch, wählte eine Feder und machte sich ebenfalls daran, schöne Buchstaben zu schreiben.

So beschlossen sie das Jahresende damit, das Papier mit ihren eleganten Schriften zu schmücken.

# 14

Ein neues Jahr war angebrochen. Das platonische Zusammenwohnen schien kein Ende nehmen zu wollen. Laut Justine Tao war das Gefühl von Leere, das Bilodo verspürte, unter diesen Umständen ganz normal. Ihrer Meinung nach würde er mit seinem Gedächtnis auch sein emotionales Gleichgewicht wiedererlangen. Dabei wollte Tanja genau das unbedingt vermeiden: Falls die Seelenklempnerin recht hatte, trug Tanja die Mitschuld daran, dass sich Bilodos emotionale Blockade eher noch verstärkte. Solange er sein Gedächtnis nicht wiedererlangte, wäre er außerstande sich zu verlieben – eine paradoxe Situation, die einem Teufelskreis glich. Die Vergangenheit neu zu erfinden, war eine Sache, Liebe aus dem Nichts zu erwecken, etwas gänzlich anderes. Wo sollte man nur anfangen? Wie ließ sich Bilodos vorläufig krankes Herz erreichen?

Sobald er sich wieder ohne Krücken bewegen konnte, bat Bilodo Tanja, ihm die Stelle zu zeigen, wo sich der Unfall ereignet habe. Er wolle Justine Taos Rat befolgen, all die Orte, die ihm vertraut seien oder in seiner Vergangenheit irgendeine Rolle gespielt hätten, systematisch aufzusuchen. Tanja aber führte ihn nicht etwa vor seine ehemalige Wohnung, sondern an eine Straßenecke ihrer Wahl, wo sie auf irgendeine Stelle auf dem Asphalt zeigte, deren Anblick in Bilodo natürlich nichts auslöste. Zwei Tage später äußerte er den Wunsch, in jenes Restaurant zu gehen, in dem sie sich kennengelernt hätten, wo ihre Liebe ihren Anfang genommen hätte. Tanja war froh, das »Madelinot« Bilodo gegenüber nie erwähnt zu haben. Dorthin würde sie ihn natürlich unter keinen Umständen führen. Sie wandte sich an Noémie, die sogleich bereit war, ihr diesen etwas befremdlichen Gefallen zu tun.

»Na, ihr beiden Verliebten!«, begrüßte Noémie sie tags darauf gut gelaunt wie Stammgäste im »Café Scaramouche« in der Rue Saint-Denis, wo sie als Kellnerin arbeitete.

Noémie machte ihre Sache hervorragend. Sie tat so, als würde sie Bilodo seit Langem kennen; mit gespielter Wehmut schwärmte sie von den Zeiten, als er noch häufig ins Café gekommen sei und ihrer lieben Freundin Tanja den Hof gemacht habe. Bilodo verstand nur Bahnhof, und Noémie, die den ungewöhnlichen Vogel zum ersten Mal zu Gesicht bekam, rief Tanja noch am selben Abend an, um ihr zu berichten, wie er auf sie gewirkt habe:

»Er sieht gut aus, ist ein bisschen verschlossen, aber auf seine Weise sexy. Ich erlaube mir noch kein endgültiges Urteil, aber ich tendiere dazu, ihm ein A zu geben.«

Was bei Noémie so viel wie»annehmbar« bedeutete; eine eher enttäuschende Bewertung für jemanden, der Noémies galaktische Ansprüche in Sachen Männlichkeit nicht kannte, in Wirklichkeit jedoch die höchste Note auf einer Skala, die nur drei Kategorien umfasste: A für annehmbar, B für banal und C für charakterlos. Bilodos außerirdischer Charme hatte zweifellos seine Wirkung getan.

»Danke für deine Hilfe«, sagte Tanja.

»Keine Ursache«, erwiderte Noémie.»Ich weiß, dass du ganz verrückt nach diesem Typen bist, aber erwarte nicht von mir, dass ich das, was du machst, gut finde. Du kannst später nicht behaupten, ich hätte dich nicht gewarnt.«

Tanja brach, leicht beschämt, das Gespräch ab. Sie fragte sich einmal mehr, ob ihr Handeln moralisch vertretbar war, ob sie das Recht hatte, Bilodo so zu manipulieren, wie sie es seit Monaten tat. War in der Liebe wirklich alles erlaubt? Ihre Skrupel verflogen sogleich, als Bilodo tags darauf die Absicht äußerte, das Postamt aufzusuchen. Er wolle seine Kollegen neu kennenlernen, ein Vorhaben, das Tanja zwang, eine gehörige Portion Nervenstärke aus ihren Notreserven hervorzuholen. Robert würde sich zweifellos einen Spaß daraus machen, die schöne nagelneue Vergangenheit, die sie unter großen Mühen für Bilodo erschaffen hatte, auszulöschen. In ihrer Verzweiflung wies sie Bilodo darauf hin, sein Arzt habe ihm doch untersagt, vor Ende seiner Genesung das Postgebäude zu betreten. Es gelang ihr zwar, ihn davon abzuhalten, doch war es gewiss nur eine Frage der Zeit. Sie musste auf weitere, nicht minder unheilvolle Dinge gefasst sein, die Bilodo sich plötzlich einfallen ließ. Mit blühender Fantasie malte sich Tanja diverse Katastrophenszenarien aus, deren unheilvollste mit dem Stichtag 1. März zu tun hatten, der doch stets in so weiter Ferne gewesen zu sein schien und auf einmal in nächste Nähe gerückt war. Was würde passieren, wenn Bilodo nicht mehr krankgeschrieben wäre? Wäre nicht alles in dem Augenblick, da er den Fuß in das Briefverteilzentrum setzen würde, auf einen Schlag dahin?

~

Bilodo genoss seine wiedererlangte Unabhängigkeit und ging häufig spazieren, ja wagte sich sogar in die benachbarten Viertel vor. Tanja befürchtete, dass ihn seine Ausflüge demnächst nach Saint-Janvier führen würden, wo er womöglich rein instinktiv auf die ausgetretenen Pfade seiner Briefträgerrunde geraten und schließlich vor Grandprés Haus oder im »Madelinot« landen würde. Um Bilodos Spaziergänge in andere, weniger gefährliche Gefilde zu lenken, gab Tanja ihm Einkaufslisten, die ihn ans andere Ende der Stadt führten, aber es half nichts: Seine innere Kompassnadel richtete sich schließlich immer wieder nach Saint-Janvier aus.

Eines Morgens beobachtete Tanja Bilodo bei einer

seltsamen Aktivität: Immer wieder stieg er die Außentreppe hinauf und wieder hinunter, und das bei minus fünfundzwanzig Grad. Er trainiere, erklärte er, um sich für die Rückkehr an seinen Arbeitsplatz fit zu machen. Zwei Tage später überraschte Tanja, die den Kessel in der Küche pfeifen hörte, Bilodo dabei, wie er mit abwesender Miene seine eigene Post über Wasserdampf öffnete, zweifellos ein Echo auf das Laster, dem er einst als indiskreter Briefträger gefrönt hatte. Die Dampf-Episode war nur der Auftakt einer ganzen Reihe weitaus besorgniserregenderer Vorfälle. Als sie am darauffolgenden Samstag in der Rue Sainte-Catherine Besorgungen machten, sah Tanja, wie Bilodo sich nach einer schönen farbigen Frau umdrehte, und entdeckte in seinem Gesicht jenen schlafwandlerischen Ausdruck, den sie von da an fürchtete. Es war ganz gewiss einer jener Flashbacks, die Justine Tao vorausgesagt hatte. Knapp eine Stunde später blieb Bilodo wie angewurzelt vor dem Schaufenster eines Ladens mit orientalischen Waren stehen und starrte wie gebannt auf einen roten Kimono. »Ich glaube, ich habe schon mal ein solches Kleidungsstück getragen«, sagte er mit tonloser Stimme. Tanja behielt einen kühlen Kopf und bestätigte, er habe tatsächlich einen roten Morgenmantel besessen, der aber unbequem gewesen sei, weshalb er ihn schließlich in die Kleidersammlung gegeben habe. Nachdem Bilodo sich Tanjas Erklärung angehört hatte, erwähnte er den Kimono nie wieder. Allerdings fiel Tanja auf, dass er seitdem wie gebannt auf jedes rote Kleidungsstück starrte. Zum Glück war die

Weihnachtszeit vorüber, sonst wäre Bilodo womöglich vor jedem noch so kleinen Weihnachtsmann in Trance geraten, der wegen seines Bartes umso gefährlicher war, als er ihn womöglich an den von Gaston Grandpré erinnert hätte.

~

Eines Sonntagmorgens Mitte Januar traf Tanja Bilodo vor dem Fernseher an, wo gerade eine Reisedokumentation über Guadeloupe lief.

»Was für ein schönes Land. Da sollten wir mal Urlaub machen«, staunte er.

Tanja wechselte umgehend das Programm und entschied sich für eine Sendung über Island, wobei sie ein Loblied auf die tektonischen Phänomene dieses durch und durch nordischen Landes sang. So vollzog sie immer häufiger geistige Kehrtwendungen, wenn nicht gar Verrenkungen, wobei sich diese akrobatische Auseinandersetzung mit dem Unvorhersehbaren Tag für Tag schwieriger gestaltete. Das heikle Unterfangen, Bilodos Herz neu zu programmieren, war durch die ständige Wachsamkeit, die dergleichen nicht kalkulierbare Reminiszenzen ihr auferlegten, längst zu einem Ding der Unmöglichkeit geworden. Überall schnellten die Flashbacks wie Schachtelteufel empor und schienen einen umfangreicheren Gedächtnisfluss anzukündigen. Tanja musste sich wohl oder übel eingestehen, dass die Kontrolle über die Situation ihr entglitt. Wenn sie überlegte, welchen Tribut die Ereignisse der zurückliegenden Monate gefordert hatten, fühlte sie sich schrecklich allein, am Ende ihrer Kräfte. »In welchen Schlamassel hast du dich da gebracht, Tanja Schumpf?«, hielt sie sich vor. »Du bist gespannt wie ein Flitzebogen. Bist voller Ängste. Wenn das so weitergeht, brichst du irgendwann zusammen.« Das Fiasko schien unmittelbar bevorzuste-hen. Tanja brauchte unbedingt eine Pause, und sei es nur einen kurzen Aufschub, um ihre Batterien aufzula-den. Aber wie konnte sie es sich in dieser gefährlichen Stadt, in der überall eine unheilvolle Vergangenheit lau-erte, leisten, auch nur eine Sekunde in ihrer Wachsam-keit nachzulassen?

Sie wusste, dass sie das Schicksal nicht unendlich he-rausfordern durfte, und ihr seelischer Druck nahm stän-dig zu, versetzte sie in derartige Angstzustände, dass sie immer wieder in Tränen ausbrach. Tanja versuchte, dies vor Bilodo zu verbergen, bis er sie eines Abends, als sie dachte, er schliefe bereits, leise vor sich hin schluchzend in der Küche antraf. Da Bilodo dachte, es sei seinetwe-gen, flehte er sie an, ihm nachzusehen, dass sein Ge-dächtnis ihn nach wie vor im Stich lasse. Er versprach, sich noch stärker darum zu bemühen, sein Erinnerungs-vermögen wiederzuerlangen, wodurch er Tanjas Ängste nur noch weiter schürte:

»Ich kann mich noch mehr anstrengen«, beteuerte er mit entschlossener Miene. »Ich werde es schaffen, dich so sehr zu lieben wie früher. Wenn ich es nur immer wieder versuche, wird es mir bestimmt gelingen.«

Und genau das war schlimmer noch als alles andere: Was gab es Deprimierenderes als diese unbedingte Aufrichtigkeit? Wie sollte sie sich angesichts Bilodos fruchtloser Anstrengungen, sie zu lieben, nicht elend, ja erbärmlich fühlen? »Es ist verlorene Liebesmüh, Tanja Schumpf«, sagte sie sich in ihrer Verzweiflung darüber, dass es ihr nie gelingen würde, in Bilodo auch nur einen Funken wahrer Liebe zu entfachen.

Als Tanja in der darauffolgenden Nacht auf dem Weg ins Bad an Bilodos Tür vorbeikam, hörte sie ihn in seinem Zimmer sprechen. Sie spitzte die Ohren, in der Annahme, er würde telefonieren, doch klang es nicht nach einer Unterhaltung. Sie nahm all ihren Mut zusammen und öffnete vorsichtig die Tür. Bilodo sprach im Schlaf:

»Zimtstangen, Safran ... Malangas und Sternfrüchte«, murmelte er.

Er träumte offenbar von exotischen Gewürzen und Früchten, aber die besondere Reihenfolge, in der er diese Worte aussprach, klang vertraut. Tanja erkannte darin ein Haiku von Ségolène wieder. »Er sagt ihre Gedichte auf«, wurde ihr entsetzt bewusst.

»Mir träumte ich erwache ... an Ihrer Seite ... im Morgengrauen ... Das wäre ohne Zweifel ... der schönste Morgen der Welt«, seufzte Bilodo.

Tanjas Herz schien zerspringen zu wollen.

~

»Ich soll im Traum gesprochen haben? Was habe ich denn gesagt?«, fragte Bilodo verwundert beim Frühstück.

»Ich habe es nicht ganz verstanden«, schwindelte Tanja.

»Ich kann mich an nichts erinnern«, beteuerte Bilodo.

»Noch mal Glück gehabt«, dachte Tanja. Dabei wusste sie sehr wohl, dass es nur eine Frage der Zeit war. Denn diese plötzliche poetische Anwandlung kündigte gewiss den Anfang vom Ende an. Ségolènes Haikus tauchten auf, streiften bereits Bilodos Bewusstsein. Früher oder später würde er sich endgültig an sie erinnern und tausenderlei Fragen stellen. »Was soll ich ihm dann nur antworten?«, fragte sie sich verzagt in einem Moment der Verzweiflung. War es nicht an der Zeit, ihre Niederlage einzugestehen und Ségolènes Überlegenheit anzuerkennen? Was machte es für einen Sinn, gegen den überwältigenden Charme der Guadelouperin und die grenzenlose Macht ihrer Haikus anzukämpfen, deren in siebzehn Silben verborgene, nicht greifbare Magie offenbar der einzige Schlüssel zu Bilodos Seele war?

Das gab Tanja zu denken: Bilodos Seele berühren – war es nicht genau das, was sie versuchte?

~

Es kam nur eine poetische Lösung in Betracht.

Mithilfe der Haikus hoffte Tanja, bei Bilodo so etwas wie einen emotionalen Elektroschock auszulösen. Sie würde sie wie einen auf Gefühle ausgerichteten Defibrillator einsetzen, der mit etwas Glück sein außer Gefecht gesetztes Herz wieder in Gang brächte. Einen Versuch war es jedenfalls wert.

# 15

*Mit Fingern auf die*
*vereiste Scheibe gemalt*
*lächelnde Sonne*

Diese Verse waren zwar bei Weitem nicht so glanzvoll
wie ein Gedicht von Ségolène, aber immerhin ein Anfang. Bevor sie zur Arbeit aufbrach, schob Tanja das Haiku unter Bilodos Tür hindurch und schlich auf Zehenspitzen davon, wohl wissend, dass sie damit alles auf
eine Karte setzte. Zuerst hatte sie überlegt, ob sie nicht
das eine oder andere Gedicht der Guadelouperin ab-
schreiben sollte, aber die Vorstellung, die beträchtliche
Liste ihrer Vergehen auch noch um Betrug zu erweitern,
widerstrebte ihr. Wenn es ihr tatsächlich endlich gelingen sollte, Bilodos Herz anzurühren, dann sollte es allein ihr, ihren eigenen Worten zu verdanken sein, moch-
ten sie noch so schlicht sein. Daher wollte Tanja Bilodo
ausschließlich Gedichte vorlegen, die sie selbst verfasst

hatte – wodurch sich als angenehme Nebenwirkung das Risiko verringerte, dass das Schreckgespenst Ségolène wiedererwachen könnte: Falls Bilodo sich doch an ihre Haikus erinnern sollte, würde er ganz selbstverständlich davon ausgehen, dass sie von Tanja stammten.

Der Tag zog sich endlos in die Länge. Da Tanja nicht wusste, was sie erwartete, rechnete sie bald mit dem Besten, bald mit dem Schlimmsten. Als sie am Abend nach Hause kam, wurde sie von Bilodo euphorisch empfangen. Das schöne Gedicht, das er unter seiner Tür gefunden hatte, begeisterte ihn. Es ließ ihn nicht mehr los. Nichts deutete darauf hin, dass es ihn an Ségolène erinnerte, und Tanja erklärte ihm erleichtert, es handle sich um ein Haiku. Sie behauptete, vor seinem Unfall hätten sie die charmante Angewohnheit gehabt, einander japanische Gedichte zu schreiben, und schilderte Bilodo, wie ein Renku funktioniere. Er war sogleich Feuer und Flamme und geriet ins Schwärmen, das sei ja fantastisch.

Am nächsten Morgen entdeckte Tanja unter ihrer Tür ein fein säuberlich kalligrafiertes Haiku:

*In seiner Blase*
*harrt Bill auf sein Mahl*
*träumt von endlosen Teichen*

~

*Wir schreiten voran*
*nicht ahnend dass unser Weg*
*vorgezeichnet ist*


*Leiterspiel bei dem*
*alles vom nächsten*
*Wurf mit dem Würfel abhängt*


*Sieh mal – auf meinem Hut hockt*
*ein kleiner Vogel*
*er singt nur für dich*


*Der Wüste überdrüssig*
*finde ich Ruh in*
*deiner Oase*


*Endlos reflektiert*
*zwischen zwei Spiegeln*
*unsere nackten Seelen*


Die neue Lage war auf seltsame Weise inspirierend. Jeden Abend schob Tanja ein Gedicht unter Bilodos Tür hindurch und fand am nächsten Morgen vor ihrer eigenen Tür die Antwort darauf. Tag für Tag stellte sie sich dieser Herausforderung, die die Stunden und all ihr Denken ausfüllte. Dabei war es auch eine beglückende Erfahrung, wenn die Arbeit des Tages, das etwas paradoxe Erlebnis des schöpferischen Aktes aus Befürchtungen und Zweifeln samt der anschließenden Euphorie, endlich Früchte trug. Bilodo hatte, seitdem die Poesie der natürliche Abzug war, über den seine Seele sich Luft machte, keinerlei Flashbacks mehr. Glücklich darüber, sich endlich mitteilen zu können, wagte er sich aus seinem Schneckenhaus hervor. Bilodo hatte sein Lächeln wiedergefunden, und für Tanja war es jedes Mal wie eine frische Brise, eine wahre Gnade, dank derer sie eine Weile das schicksalhafte Datum des 1. März, das wie ein Damoklesschwert über ihr hing, vergessen konnte. In der Hoffnung, ein wenig Zeit zu gewinnen, schlug sie Bilodo vor, seine Krankmeldung verlängern zu lassen, aber davon wollte er nichts wissen:

»Ich kann es kaum erwarten, wieder zu arbeiten. Meine Runden fehlen mir«, erwiderte er.

Immer wieder betonte er, die Arbeit sei für ihn nicht nur eine Frage der Selbstachtung, sondern ein wahres Vergnügen. Aller Wahrscheinlichkeit nach würde ihn nicht einmal ein Nuklearangriff von seiner Rückkehr in den Postdienst abhalten. Also musste Tanja die Waffen strecken: Es würde ihr nicht gelingen, diesen übereifrigen Briefträger noch länger ruhigzustellen – es sei denn, sie würde ihm das andere Bein brechen.

»Und wie wär's, wenn wir nach Deutschland ziehen

würden?«, fragte sie eines Abends, als sie sich gemeinsam der Kalligrafie widmeten.

War das nicht die Lösung? Bilodo aus Montreal entfernen – dieser allzu vertrauten Stadt mit ihren unguten Erinnerungen den Rücken kehren –, ihn in weite Ferne entführen und irgendwo ein neues Leben beginnen, die Vergangenheit wie eine alte Haut abstreifen ...

Angesichts dieser reizvollen Perspektive äußerte Tanja den Wunsch, in ihre Heimat Bayern zu reisen. Sie schwärmte davon, wie schön München zu dieser Jahreszeit sei, mit seinen verschneiten Dächern und Kirchtürmen. Sie würden die kulturellen Reichtümer dieser geschichtsträchtigen Stadt erkunden und sich in Schwabing auf Kandinskys Spuren begeben; würden in Bierkellern essen, in denen die Stammgäste lautstark Schafkopf spielten und ein Bier nach dem anderen tranken, serviert von Kellnerinnen im Dirndl. Und zur Krönung des Ganzen würden sie in den Alpen Ski fahren!

Um möglichen Einwänden Bilodos zuvorzukommen, machte Tanja sich daran, ihm Deutsch beizubringen, und versicherte ihm, er könne dort mit Leichtigkeit seinen Lebensunterhalt verdienen: Ihr Vater würde seine Beziehungen spielen lassen und ihm eine Arbeit als Briefträger verschaffen.

»Du brauchst dich nur für ein Jahr beurlauben zu lassen«, gab sie ihm zu bedenken. »Wenn dir Bayern nicht gefällt, gehen wir wieder zurück nach Montreal.«

Bilodo musste zugeben, dass dieser Vorschlag durchaus verlockend klang. Tanja malte ihm, sichtlich beflügelt, aus, wie sie im Ferienhaus ihres Onkels Reinhard am Ufer des Starnberger Sees wohnen könnten, einem romantischen Ort, an dem sie sich als Kind in den Sommerferien häufig aufgehalten habe. Die Lufthansa fliege täglich nach München, sie könnten gleich am nächsten Tag ins Flugzeug steigen. Derart überstürzte Entscheidungen waren indessen nicht Bilodos Sache, er zögerte. Er räumte ein, es sei eine schöne Idee, aber sie sollten es sich reiflich überlegen – sei es nicht ratsam, sich während des nächsten Urlaubs im Juli erst einmal auf Erkundungstour durch Bayern zu begeben? Tanja beharrte nicht auf ihrem Vorschlag, um Bilodo nur ja nicht zu verstimmen: Sie würde an ihren Argumenten feilen und im geeigneten Moment wieder darauf zu sprechen kommen. Da sie unbedingt wollte, dass die Idee weiter in ihm arbeitete, legte sie einen Reiseführer über Bayern auf den Wohnzimmertisch und wählte einen neuen Bildschirmhintergrund, auf dem der Starnberger See und die Alpen zu sehen waren. Dann nahm sie den Kalender von der Wand, versenkte ihn in einer Schublade und untersagte sich jeglichen Gedanken an den 1. März.

In jener Nacht träumte Tanja davon, wie sie mit Bilodo durch München spazierte. Sie besichtigten die Altstadt, streiften über den Odeonsplatz und küssten sich lange zum Klang des Glockenspiels auf dem Marienplatz.

~

Im gefliesten Hof
des Königspalasts
laufen Tauben hin und her
Sie gurren – nicht minder stolz
als Kurtisanen von einst


Hinter dem Bildschirm
halten uns die vom Fernseh'n
für ziemlich geistlos


Über den See rudern bis
zur Roseninsel
von Sisi geliebt
ein Garten im Nebelmeer
gehüllt in Melancholie


Der Winterschneemann
lässt das Wasser gefrieren
klopft in den Wänden
Wie gut es tut am Feuer
einen Kakao zu trinken


Oh, ein Glühwürmchen?
Ein Stern auf Besuch?
Was steht in deinen Augen?

In Bilodos Blick lag nämlich auf einmal ein ungewohnter Glanz. Tanja glaubte darin eine neue Gefühlsregung zu erkennen, die sie nicht zu benennen wagte, die womöglich über bloße Freundschaft hinausging. Hatten einige wenige tief empfundene Haikus erreicht, was in zwei Jahren hartnäckiger Bemühungen nicht gelungen war?

War das womöglich Liebe?

Das Wort nur ja nicht aussprechen, damit die Schwingungen den zerbrechlichen Zauber nicht zersplittern lassen, keine Bewegung machen, die dieses fragile Wunder erschüttern könnte, vor allem aber nichts überstürzen ...

~

*In meinen Augen*
*spiegeln sich deine wider:*
*Sie sind voll von dir.*


*Nur dort lebe ich*
*in deinen Augen*
*ansonsten gibt es mich nicht*


*Vor deinen Augen*
*verliert jeder Edelstein*
*seinen schönsten Glanz*

*In deinen Augen*
*schmelze ich dahin*
*fließe, ja flute in dich*


*Du fließt in meinen Adern*
*überströmst mein Herz*
*ewige Liebe*


Als Tanja die letzten Zeilen las, wurde sie von einer sonderbaren Mischung aus Verzückung und Bangigkeit übermannt. Sie hatte das Gefühl, als würde sie nie wieder so glücklich sein, aber auch nie wieder so ängstlich. War das die wahre Liebe?

# 16

*Du bist das Ende der Nacht*
*mein Sonnenaufgang*
*heiliger Morgen*

*Ein paar Tautropfen*
*kann ich nur bieten*
*ob sie deinen Durst löschen?*

*Deine Fahne zu hissen*
*für dich zu kämpfen*
*mein einziger Wunsch*

*Bin ich ihrer denn würdig*
*dieser erhabenen Liebe?*
*Schenke mir dein Herz*
*seelenverwandt sind wir schon*
*für immer vereint*

*Niemand soll uns je trennen*
*meine Knochen soll'n*
*mit deinen bleichen*


*Wollen wir warten*
*bis der Tod uns trifft?*
*Wenn du mich nur bald umarmst …*


~


Aus Angst vor einer erneuten erotischen Niederlage hatte Tanja nicht mehr gewagt, Bilodos Zimmer zu betreten. Dabei hatte sie schon bald allen Grund, auf ein Ende der getrennten Schlafräume zu hoffen: Bilodos Verhalten veränderte sich zusehends, wie der immer intimere Tenor seiner Haikus zu erkennen gab:


*Ich schmück' deinen Hals*
*mit Regenperlen*
*und kleide dich mit Blumen*


*Mit deinen Küssen*
*und nicht mit Rosen*
*sollst du mich ganz bedecken*

Über den jungfräulichen
Schnee deiner Hüfte
gleitet meine Hand


Im Geist öffne ich
des Nachts deine Tür
und schlüpfe zu dir ins Bett


Nur deinetwegen
wache ich immer wieder
ganz von Sinnen auf


Verlässt du manchmal
im Traum deinen Leib
um meinen zu besuchen?


Erfinden will ich
eine Religion
deren Göttin du dann bist


Einen Tempel gibt es schon
Sein Tabernakel
ist warm und seidig

Von der Vertrautheit zum Verlangen war es nur ein Schritt, den Bilodo offenbar endlich vollzogen hatte. Er konnte deswegen kaum noch schlafen. In der Nacht hörte Tanja durch die Wand, wie er sich im Schlaf hin und her wälzte. Dann stand er auf und geisterte durch die Wohnung. Während er von Raum zu Raum ging, knarrte das Parkett vor Tanjas Tür. Immer wieder verweilte er dort. Sie stellte sich vor, wie er mit erhobener Hand dastand und nicht anzuklopfen wagte. Da sie unlängst ebenfalls vor verschlossener Tür gestanden hatte, kostete sie mit schuldbewusstem Vergnügen die umgekehrte Situation aus: Auf dieser Seite der Tür fühlte man sich deutlich wohler. Wie gern hätte Tanja Bilodo geöffnet, doch riet ihr ihre innere Stimme, lieber unter der Decke zu bleiben. Tanja ahnte, dass sie gut daran tat, diese neue, von der Poesie entfachte Flamme noch ein wenig lodern zu lassen, bis Bilodo es nicht mehr länger aushielt und sich endlich traute, ihr Zimmer zu betreten. Erst dann würde sie sich ihm hingeben.

*Ein Strand überspült*
*Von der Woge unsrer Lust*
*von unserer Flut*


*Ich wäre das Meer*
*das dich mit Wellen liebkost*
*mit Küssen bestürmt*

*Ich tauch' in dich ein*
*schwimm' in deiner Flut*
*versink' in deiner Hitze*


*Lass dich nur treiben*
*tauch ein in meine Tiefen*
*gib dich mir ganz hin*


*Herrlicher Schiffbruch*
*Ob ich wohl den Grund streife?*
*Oder den Himmel?*


*Such auf meinem Meeresgrund*
*nach dem Geheimnis*
*der Marianen*


~


Tanja musste sich nicht lange gedulden. Am Morgen des 16. Februar wachte sie auf in dem Gefühl, beobachtet zu werden. Als sie ihre Augen öffnete, entdeckte sie Bilodo, der an ihrem Fußende stand und sie mit seligem Gesichtsausdruck musterte. Wie lange mochte er wohl schon dort stehen und über ihren Schlaf wachen?

»Da bist du ja endlich«, flüsterte Tanja.

Bilodo wirkte plötzlich entsetzt, als sei er aus einer Trance erwacht, und suchte das Weite. Tanja zog sich ihren Morgenmantel über und folgte ihm ins Wohnzimmer, wo er abwesend und mit feuchten Augen Bill betrachtete, dem Fisch nicht unähnlich. Er sah Tanja mit dem Ausdruck eines gehetzten Tieres an und entschuldigte sich, sie geweckt zu haben. Kaum merklich kam sie Schritt für Schritt näher. Bilodo zitterte am ganzen Leib. Tanja stellte sich auf die Zehenspitzen und drückte ihm einen statisch aufgeladenen Kuss auf die Lippen, der sie beide erschauern ließ. Aus lauter Ergriffenheit wagte Tanja nicht, ihn zu wiederholen, sondern lehnte nur ihren Kopf an Bilodos Schulter. Als sie ihre Brust gegen die seine drückte, spürte sie, wie heftig sein Herz schlug. Oder war es ihr eigenes? War die Erregung, die sie in Bilodos Blick zu erkennen glaubte, vielleicht nur ein Abbild ihres eigenen Gemütszustands? Da nahm er sie in die Arme und küsste sie. Es war ein echter, leidenschaftlicher Kuss, der Tanja bis ins Mark traf und den sie ebenso leidenschaftlich erwiderte, losgelöst von Zeit und Raum, in einer Welt, die allein den Sinnen gehörte.

»Ich liebe dich«, flüsterte Bilodo.

»Ich dich auch.«

»Bist du dir sicher?«

»Absolut.«

»Woher weißt du das?«, fragte er und klang auf einmal besorgt. »Wie kannst du dir so sicher sein, dass du mich liebst?«

»Mein Herz sagt es mir. Seine Stimme flüstert mir zu, dass wir füreinander geschaffen sind.«

»Du hättest einen anderen treffen können, den du genauso geliebt hättest wie mich.«

»Das wäre nicht dasselbe gewesen. Mein Herz hätte mir gesagt, dass er nicht der Richtige ist.«

»Und wenn sich unsere Wege nie gekreuzt hätten? Was hättest du dann getan?«

»Ich hätte dich so lange gesucht, bis ich dich gefunden hätte. Aber das ist nicht nötig, du bist ja da.«

»Ja, das bin ich. Aber was hättest du getan, wenn du mich nach dem Unfall nicht hättest wiederbeleben können?«

»Lass uns nicht davon sprechen ...«

Tanja beendete Bilodos existenzielle Sorgen, indem sie ihre Lippen auf die seinen presste. Als er sie durch ihren Morgenmantel hindurch zu liebkosen begann, bremste sie ihn behutsam in seiner Leidenschaft.

»Heute Abend«, hauchte Tanja, die diesen Moment gegenseitigen Verlangens möglichst lange auskosten wollte.

~

Die Gäste im »Petit Malin« beglückwünschten Tanja zu ihrer sprühenden Laune, ihrer strahlenden Schönheit. Sie dankte mit der Zurückhaltung einer Mona Lisa. Gedankenverloren fuhr sie sich mit der Zunge über ihre Lippen, die noch immer nach Bilodos Küssen schmeckten. Nur widerstrebend hatte sie sich aus seiner Umarmung gelöst und ihm beteuert, dass sie ihr vertrauliches Zwiegespräch am Abend fortführen würden. Er hatte sie nur schweren Herzens gehen lassen und ihr versprochen, sich etwas Besonderes zum Abendessen einfallen zu lassen. Tanja konnte nicht umhin, sich die wunderbaren Stunden auszumalen, die vor ihr lagen. Nach einem Schaumbad und einem köstlichen Essen würde sie ihre Reize entfalten, Bilodo in ihr Bett locken und sich mit ihm zu jenen ekstatischen Höhen aufschwingen, in denen die Liebenden angeblich eins werden. Sie würde Bilodo verführen und mit ihm die süßen Qualen fleischlicher Lust teilen. Es wäre ihre Belohnung für lange Monate der Geduld und der Beginn einer neuen Ära: eine verheißungsvolle, erfüllte Liebesbeziehung.

Als sie am Mittag Gäste bediente, die sich nach Norden zum Skifahren aufmachten, hatte Tanja auf einmal eine Idee: Noémies Mutter besaß in den Laurentinischen Bergen ein Haus – dort hatte Tanja mit ihrer Freundin hin und wieder ausgelassene Skiwochenenden verbracht. Das Haus lag mitten im Wald. Es war der ideale Rückzugsort, fern von allem … Sie rief Noémie an, und diese hatte nichts dagegen, ihr das Haus zu überlassen – Tanja brauche sich bloß die Schlüssel abzuholen. Was sie, Bilodos Einverständnis voraussetzend, gleich am nächsten Tag zu tun gedachte. Es war das vom Schicksal gesandte Refugium, wo sie sich in aller Freiheit vor dem Kamin lieben konnten, der friedliche Hafen, wo Tanja in Ruhe darüber nachdenken konnte, wie sich der Gedanke an den verfluchten 1. März bannen ließ. In der klaren

Luft und unberührten Natur würde sie genügend Energie tanken, um Bilodo zu überreden, nach Bayern oder irgendwo anders hinzuziehen – auf jeden Fall würde sie einen Weg finden, wie sich eine emotionale Apokalypse abwenden ließ.

»Ich bin's!«, flötete Tanja, als sie am frühen Abend die Wohnung betrat.

Sie wunderte sich, dass Bilodo ihr nicht antwortete. Als sie sah, dass sein Mantel nicht an der Garderobe hing, nahm sie an, dass er Besorgungen machte. Im Esszimmer war der Tisch für ein Abendessen mit Kerzen gedeckt, was nur Gutes verheißen konnte. Als sie allerdings in die Küche ging, merkte sie, dass etwas nicht stimmte. Der Kühlschrank stand offen, der Boden war mit Scherben übersät. Auf dem Tresen standen Zutaten für ein halb fertiges Gericht. In der Luft lag ein intensiver Duft nach Zitrusfrüchten, der aus einer Schüssel mit geriebenen Zitronenschalen aufstieg. Daneben lag ein aufgeschlagenes Kochbuch. Ein Blick genügte, und Tanja war klar, dass Bilodo eine Zitronentarte hatte backen wollen.

»Um Himmels willen!«, rief sie, weil ihr Justine Taos Worte in den Sinn kamen: dass Gerüche Erinnerungen wachrufen können.

Von Panik übermannt, rief sie Bilodo an. Er nahm den Anruf nicht an. Sie schickte ihm eine SMS, um sich zu erkundigen, wo er stecke. Kurz darauf kam seine Antwort: »Was hast du mit Ségolènes Haikus gemacht?«, las sie auf dem Display. Erschüttert sank Tanja auf einen

Stuhl. Es bestand kein Zweifel mehr: Bilodos Erinnerung war zurück.

In ihrer Ratlosigkeit tippte sie wie von Sinnen auf die Tasten ihres Handys und schickte Bilodo eine SMS nach der anderen.

»Wo bist du, Liebster?«

»Komm zurück, ich kann dir alles erklären!«

»Komm zurück, ich flehe dich an ...«

»Komm ...«

Bilodo reagierte nicht darauf.

Draußen heulte der Wind. Tanja fröstelte. Sie ließ sich auf dem Sofa nieder, hüllte sich in eine Decke und wartete auf Bilodos Rückkehr.

Währenddessen bastelte sie in Erwartung einer stürmischen Konfrontation an einer halbwegs überzeugenden Erklärung.

Sie wartete und betete, er möge ihre Verzweiflung verstehen und zurückkehren.

Als der Morgen anbrach, war Bilodo noch immer nicht zurück.

# 17

Bilodo nahm den Kaffee, den die Stewardess ihm reichte, und blickte durch das Fenster auf den Atlantik. Er war im Morgengrauen nach einer schier endlosen Nacht im Flughafengebäude, in der er die SMS seiner angeblichen Verlobten gelesen hatte, in ein Flugzeug gestiegen. Bilodo konnte Tanjas unglaublichen Verrat nicht fassen, er kochte noch immer vor Wut. Dabei hatte er sich tatsächlich eingebildet, in sie verliebt zu sein! Aber das war, noch bevor er sein Gedächtnis wiedererlangt und gemerkt hatte, wie sehr sie ihn zum Narren gehalten hatte – bevor er sich an Ségolène erinnert hatte und losgestürzt war, um zu ihr zu eilen …

*Im Schwebezustand*
*eines endlosen Morgens*
*fliege ich zu ihr*

Schon bald würde Bilodo seinen Fuß auf jenes gesegnete Fleckchen Erde setzen, wo Ségolène das Licht der Welt erblickt hatte. »Ich komme«, wiederholte er unentwegt wie ein Mantra, dabei wusste er nur zu gut, dass noch nichts erreicht war. Er machte sich keinerlei Illusionen: Nie und nimmer würde er sich als Grandpré ausgeben können. Das war auch nicht seine Absicht. Vielmehr wollte er mit dem ganzen Schwindel endlich Schluss machen. Er würde Ségolène einfach nur seine Liebe gestehen und alles Übrige ihr überlassen, sich ihren Wünschen fügen.

*Mein Gedächtnis war*
*so tief verborgen*
*in einer Zitronentarte*

Während er dieses Dessert – angeblich Tanjas Lieblingsnachspeise – zubereitete, war ihm auf einmal alles wieder eingefallen. Das Aroma der geriebenen Zitronen hatte ihn in seinen Bann geschlagen und in seinem Kopf ein Feuerwerk aus Bildern ausgelöst, die von seinen letzten Lebensjahren erzählten.

Es war die Geschichte eines einsamen jungen Mannes, der sich für Kalligrafie begeisterte, eines gewissenhaften Briefträgers, der vielleicht eine Spur zu neugierig war. Von den unzähligen seelenlosen Schreiben, die er auf seinen täglichen Runden zustellte, nahm er hin und

wieder einen persönlichen Brief – ein in der heutigen
Zeit höchst seltenes und deshalb umso faszinierende-
res Objekt – an sich. Einen solchen Brief hatte Bilodo
nicht gleich ausgetragen; er nahm ihn mit nach Hause
und las ihn, als sei es eine weitere Episode eines Fort-
setzungsromans, der ungleich fesselnder war als sein
eigenes Leben. Unter all den Briefen, die er heimlich
mitgehen ließ, gab es einige, die ihn besonders berühr-
ten. Sie stammten von einer Frau aus Guadeloupe namens Ségolène und waren adressiert an den Literaturprofessor Gaston Grandpré:

*Des Nachbars Ara*
*krächzt voll Eifersucht:*
*so schön singt mein Kanari*

*Nebelschwaden am Abend*
*zerfetzte Segel*
*eines Geisterschiffs*

*Orion funkelt*
*verhöhnt Jupiter*
*der Wind fährt mir durch das Haar*

Die aus einem einzigen Haiku bestehenden Briefe hatten Bilodo auf der Stelle verzaubert und vor seinem inneren Auge wunderbare Bilder entstehen lassen, die so ganz anders waren als sein profaner Alltag; sie waren schon bald zur Essenz seines Lebens geworden. Im Bann dieser siebzehn Silben Ewigkeit hatte er sich in Ségolène verliebt. Lange Zeit hatte er nur von ihr geträumt und sie aus der Ferne angebetet, bis Gaston Grandprés plötzlicher Tod das Ende dieser ihm so kostbar gewordenen Korrespondenz einläutete. Bei der verzweifelten Suche nach einer Möglichkeit, die einzige Verbindung zu Ségolène nicht abreißen zu lassen, hatte Bilodo auf einmal die geniale Idee gehabt, in die Identität des Toten zu schlüpfen.

Fest entschlossen, sich als Grandpré auszugeben, hatte Bilodo vor nichts zurückgeschreckt; er war in die Wohnung des Verstorbenen eingedrungen und hatte dessen Papiere entwendet. Da er Gedichte verfassen musste, die in Ségolènes Augen authentisch wirkten, hatte er sich darin geübt, die Schrift des Toten zu imitieren, und sich daran gemacht, die hohe Kunst des Haiku-Schreibens zu erlernen. Um sich stärker in Grandpré einfühlen zu können, hatte er dessen Wohnung gemietet und sich nicht nur häuslich darin niedergelassen, sondern auch dessen Kleidung getragen. Er hatte sich, während er japanische Musik hörte und sich von Sushi ernährte, mit der Philosophie des Zen vertraut gemacht und Hunderte misslungener Haikus ersonnen – bis er eines Tages, mit einem roten Kimono bekleidet, den er im Schrank entdeckt hatte, in dem Gefühl, sich endlich ganz und gar in Grandpré zu verwandeln, ein Gedicht verfasst hatte, das aus einem Guss war und Ségolènes würdig zu sein schien.

Elf Tage nachdem er dieses Haiku abgeschickt hatte, war ein Brief aus Guadeloupe eingetroffen. Es war ein Gedicht, das auf das seine antwortete. Es hatte funktioniert! Ségolène hatte es ihm abgenommen! Es war der Beginn einer wundersamen Phase in Briefen gelebter Glückseligkeit: Zurückgezogen in die einstige Bleibe des Verstorbenen hatte Bilodo Ségolène schwärmerische Haikus geschickt, die sie mit zunehmender Verve beantwortet hatte.

Wenn er so darüber nachdachte, hatte Tanja damals begonnen, alles Mögliche zu unternehmen, um ihn zu erobern. Sie hatte sich zunächst für die Haikus interessiert, an denen er gerade arbeitete, und dann eigene verfasst. Als sie ihm vorschlug, ein gemeinsames Renku zu beginnen, hätte er eigentlich hellhörig werden müssen, doch war er sich über Tanjas Gefühle erst im Zusammenhang mit dem gestohlenen Tanka klar geworden, als Robert ihnen so übel mitgespielt hatte. Das eigentlich für Ségolène bestimmte Gedicht war in die Hände des Postbeamten geraten, der so von Bilodos großem Geheimnis erfahren hatte. Da er sein Tanka um jeden Preis zurückhaben wollte, hatte er sich Robert vorgeknöpft und ihm eine Tracht Prügel verabreicht. Robert hatte sich gerächt, indem er Tanja eine Kopie des Gedichts hatte zukommen lassen, und Bilodo in eine höchst peinliche Lage gebracht, die, als die junge Kellnerin merkte, dass man sich über sie lustig machte, eskaliert war. Daraufhin hatte Bilodo sich in die Welt seiner virtuellen Beziehung mit Ségolène zurückgezogen. Von der Außenwelt abgeschirmt, hatte er sich monatelang in Traumbildern verloren und mit der schönen Guadelouperin die vielfältigen Dimensionen einer lyrischen Leidenschaft erkundet, die beide zur Ekstase getrieben hatte.

Und dann war Ende August jenes Tanka eingetroffen, in dem Ségolène ihr baldiges Kommen ankündigte …

Bilodo saß unruhig auf seinem Sitz und durchlitt noch einmal die Qualen, in die ihn diese Mitteilung gestürzt hatte. Ségolène würde nämlich in dem Augenblick, da sie ihn sähe, den Betrug bemerken. Bilodo hatte sich aus lauter Verzweiflung darüber, dass seine Täuschung unweigerlich ans Licht kommen würde, erhängen wollen. Er war dem Freitod – die Schlinge lag bereits um seinen Hals – nur aufgrund eines überraschenden Besuchs von Tanja entronnen. Die Begegnung mit der jungen Kellnerin auf der Außentreppe war höchst seltsam gewesen. Bilodo hatte das Gefühl gehabt, dass zwischen ihnen etwas Besonderes vorging, und als er sah, wie Tanja fortging, hatte er einen Stich im Herzen verpürt, ohne zu ahnen, mit wem er es zu tun hatte … Die sanfte, unschuldige Tanja, die ihre egoistischen Absichten so gut zu verbergen verstand.

Unmittelbar nach Tanjas Weggang hatte sich dann das Wunder ereignet.

Als er zufällig sein Spiegelbild erblickte, hatte Bilodo zunächst den Eindruck, Grandpré zu sehen! Aber

dann hatte er seine Gesichtszüge wiedererkannt und begriffen, dass das, was er im Spiegel sah, das Ergebnis
einer monatelang vernachlässigten Körperhygiene war.
Er hatte sich so intensiv seiner brieflichen Idylle gewidmet, dass er sich überhaupt nicht mehr gepflegt hatte,
bis es so weit gekommen war: Mit seinem Sechsmona-
tebart, seiner struppigen Mähne und im Kimono sah er
dem Verstorbenen zum Verwechseln ähnlich – vielleicht
ja in einem solchen Maße, dass Ségolène nichts weiter
bemerken würde. Ein verwegener Gedanke! In seiner
Begeisterung über die Möglichkeit, das Schicksal vielleicht in eine andere Richtung lenken zu können, hatte
Bilodo ein Haiku verfasst, in dem er die Guadelouperin
herzlich nach Montreal einlud. Weil er es unbedingt
gleich absenden wollte, hatte er das Haus trotz des Unwetters verlassen. Er war zum Briefkasten auf der anderen Straßenseite gerannt, den sein alter Widersacher
Robert gerade in Begleitung eines anderen Postboten
leerte, und ...

Bilodo war an jenem Tag gestorben. Das Reich der
Finsternis hatte ihn zu sich geholt.

Und doch saß er nun, sechs Monate später, quick-
lebendig in diesem Flugzeug. Dank Tanja – der freund-
lichen, scheinheiligen Tanja. Bilodo hätte zu gern an
ihre guten Absichten geglaubt, aber es gelang ihm nicht:
Tanja hatte ihn nur zum Leben wiedererweckt, um ihn
in seine Gewalt zu bekommen. Sie hatte sein Erinnerungsvermögen manipuliert und auf abscheuliche Weise
die Liebe für ihre Pläne missbraucht, indem sie ihm ein

vorprogrammiertes zweites Leben als Sklave beschert und ihn sich zu Diensten gemacht hatte. Sie hatte ihn hinters Licht geführt. Ihn ausgenutzt – verflucht sei sie! Von nun an zählte nur noch Ségolène.

»Ich komme«, flüsterte Bilodo, freudig und unsicher zugleich. Wie mochte Ségolène wohl sein Schweigen auf ihr letztes Tanka hin gedeutet haben? Welchen Empfang würde sie Gaston Grandprés unerwartetem Doppelgänger bereiten? Würde sie ihn nicht für verrückt halten?

Der Chefsteward bat die Passagiere, sich auf die Landung in Pointe-à-Pitre vorzubereiten. Bilodo legte seinen Gurt an: Bald würde er Gewissheit haben.

~

Bei Tagesanbruch war Bilodo noch immer nicht zurück.

Durch das Wohnzimmerfenster fielen erste schwache Sonnenstrahlen. Um nicht länger trüben Gedanken nachzuhängen, schaltete Tanja den Computer an und überprüfte im Internet das Konto von Bilodos Kreditkarte. Sie fand ihre Befürchtungen bestätigt: Er hatte tatsächlich ein Ticket nach Guadeloupe gebucht. Tanja malte sich aus, wie Bilodo Ségolène in den Fluten des türkisblauen Meeres umarmte – ein einziger Albtraum, der sich, wenn sie nichts dagegen unternahm, schon bald bewahrheiten würde.

Tanja packte hastig eine Reisetasche und machte sich auf zum Flughafen. Der nächste Flug nach Pointe-à-Pitre ging erst um 13 Uhr. In der Zwischenzeit telefonierte sie mit Noémie, die gern bereit war, sich um Bill zu kümmern, dann rief sie im »Petit Malin« an, um Bescheid zu sagen, dass sie wegen eines Notfalls vorübergehend nicht zur Arbeit kommen könne. Erst als Tanja die Muße hatte, alles zu durchdenken, fiel ihr auf, wie unlogisch die Situation war: Warum zog es Bilodo überhaupt zu Ségolène?

Es schien absurd. Hatte er sich nicht dermaßen vor dieser Begegnung gefürchtet, dass er lieber den Freitod gewählt hatte? Hatte er denn keine Bedenken mehr, dass die Guadelouperin die Wahrheit herausfand? Rechnete er damit, dass sie ihn mit offenen Armen empfing? Dabei schien das Gegenteil eher wahrscheinlich: Wenn Ségolène feststellte, dass sie es mit einem Betrüger zu tun hatte, würde sie Bilodo misstrauen und ihm die kalte Schulter zeigen – für Tanja das ideale Szenarium. Sie müsste dann nur noch die Scherben seines zerbrochenen Herzens wieder zusammensetzen.

Im Grunde genommen war die Reaktion der Guadeloperin jedoch nicht vorhersehbar. Alles würde davon abhängen, was Bilodo ihr erzählte. Würde er sich in einem neuen Lügengespinst verfangen? Würde sie ihn erhören? Das Einzige, was feststand, war, dass Bilodo zu Ségolène flog und Tanja nichts dagegen unternehmen konnte.

Da kam ihr auf einmal ein Gedanke: Hatte sie nicht irgendwo Ségolènes E-Mail-Adresse notiert?

# 18

Als er aus dem Flughafen trat, staunte Bilodo über die plötzliche Hitze und den Kontrast der beiden Welten: Anstatt der vereisten Straßenlaternen von Montreal ragten über seinem Kopf majestätische Palmen in die Höhe. Er stieg in ein Taxi, nannte Ségolènes Adresse. Die Stadt war nicht weit entfernt, aber das Taxi musste schon bald halten, da eine Hauptverkehrsstraße durch einen Umzug mit Musikern und kostümierten Tänzern blockiert wurde. Der Chauffeur erklärte ihm, es sei Karneval:

»Heute Abend wird Vaval verbrannt«, sagte er und hupte vergeblich, während die Menge der ausgelassen Feiernden vorüberzog.

Bilodo kannte diese Tradition. Er hatte Guadeloupe bislang zwar nur in seiner Fantasie bereist, aber sehr viel über die Insel gelesen, um möglichst alles über dieses Schmuckkästchen der Natur zu erfahren, das die strahlend schöne Ségolène in sich barg, und sich auch über die dortigen Bräuche informiert. Der Zufall wollte es, dass er gerade an Aschermittwoch auf Guadeloupe landete, ein bedeutender Tag im kulturellen Kalender der Schmetterlingsinsel. An jenem Abend, dem letzten des Karnevals, würden vierzig Tage voller Festlichkeiten in einem kollektiven Kehraus, dem »*grand vidé*«, gipfeln, und auf der ganzen Insel, von Basse-Terre bis nach Saint-François und auch in Pointe-à-Pitre, würden Teufelinnen in schachbrettartig gemusterten Kleidern Bildnisse des bösen Karnevalskönigs Vaval verbrennen, der die Missgeschicke des vergangenen Jahres symbolisierte.

Der Taxifahrer setzte Bilodo vor einem weißen Haus ab. Es stand an einer Grünanlage, die umgeben war von ähnlich aussehenden Gebäuden. Er zögerte, plötzlich verwirrt. Er war eigentlich in der Absicht gekommen, Ségolène alles zu erklären und ihr das ganze Ausmaß seiner Liebe zu gestehen, aber auf einmal entzogen sich ihm die sorgfältig vorbereiteten Worte. Da es nun aber kein Zurück mehr gab, wollte er gerade mit zitterndem Finger auf die Türklingel drücken …

»Lohnt sich nicht, ist niemand da«, erklang eine weibliche Stimme links von ihm.

Bilodo drehte sich um und entdeckte eine ältere Dame, die gewiss die Nachbarin war und jenseits eines kleinen Zauns eine Gießkanne in der Hand hielt. Sie stand stolz mitten in einem Blumenbeet in leuchtenden Farben, in einem Kleid, das mit derart auffallenden Blumenmotiven bedruckt war, dass sie mit ihrer Umgebung zu verschmelzen schien – weshalb Bilodo sie nicht gleich bemerkt hatte. Da kam ihm auf einmal ein Haiku von Ségolène in den Sinn:

*Nachbarin Aimée*
*im geblümten Kleid ist sie*
*zum Begießen schön*


»Madame Aimée?«, wagte Bilodo zu fragen.

»Kennen wir uns?«, erwiderte die Dame und fragte sich gewiss, von welchem Planeten dieses seltsame, mit einem Anorak bekleidete Individuum wohl kam.

»Ségolène hat mir von Ihnen erzählt«, antwortete Bilodo, indem er die Wahrheit leicht abwandelte.

»Ach wirklich?«, fragte Aimée überrascht.

»Sie wissen wohl nicht zufällig, wo sie gerade ist?«

»Doch. Wo wird sie um diese Zeit schon sein? Natürlich bei der Arbeit.«

»Natürlich«, wiederholte Bilodo. »Und in welcher Schule unterrichtet sie?«

»In der École Fernande-Bonchamps.«

»Danke!«, rief er Aimée zu und überließ sie ihren Blumen, um nach einem Taxi Ausschau zu halten.


~


In der École Fernande-Bonchamps hieß es, Ségolène sei unabkömmlich. Aus Sicherheitsgründen wollte der Direktor wissen, wer sein Gegenüber sei und was ihn zu ihm führe.

»Es ist sehr dringend und eine persönliche Angelegenheit«, beteuerte Bilodo und zeigte seinen Pass.

»Also gut«, sagte der Direktor, nachdem er den Ausweis geprüft hatte. »Madame Ségolène ist unterwegs im Mamelles.«

»Im was?«, fragte Bilodo verdutzt.

»Im Nationalpark Mamelles, nicht weit von Basse-Terre«, erläuterte der Direktor. »Sie begleitet eine Schülergruppe auf einem Ausflug.«

~

Bilodo mietete sich einen Peugeot und folgte den Angaben des Navis. Ohne der herrlichen Landschaft, die an ihm vorüberzog, Beachtung zu schenken, durchquerte er eine bergige Gegend, bis er schließlich den Parc des Mamelles erreichte, dessen Name zweifellos von den runden Formen der umliegenden Hügel herrührte. Bilodo parkte neben einem Schulbus. Am Ticketschalter erfuhr er, dass es sich bei dem Park um einen in einem Botanischen Garten untergebrachten Zoo handelte. Er löste eine Eintrittskarte und ging über verschlungene Wege durch einen dschungelähnlichen Wald, mit Bäumen voll duftender Blüten, deren Aromen die Sinne betäubten. Bilodo schlug einen von Orchideen gesäumten Pfad ein, der zu einem Belvedere führte, einer großzügigen Esplanade, mit Blick auf ein Panorama aus Hügeln, deren begrünte Rücken sich in der Ferne bis zum Karibischen Meer erstreckten. Dort standen etwa hundert Besucher, darunter an die fünfzig Kinder in Schuluniform, die sich um zwei Aufsichtspersonen scharten. Eine davon war Ségolène.

Dort stand sie, in einem schlichten weißen Kleid, eine
engelhafte Erscheinung. Inmitten der Kinder, denen sie
eine Lektion in Naturkunde erteilte, sprach sie mit einer
hellen, wohlklingenden Stimme, die in Bilodos Ohren
wie Himmelsmusik klang. Dort stand Ségolène in ihrer
ganzen Herrlichkeit und ließ das Universum um sich
kreisen, als wäre es das Natürlichste auf der Welt, ganz
nah und doch so unerreichbar, als lägen tausend Kilo-
meter zwischen ihr und Bilodo, der wie versteinert war.
Bis ins Mark eingeschüchtert, ließ er sich auf einer Bank
nieder und fühlte sich ihrer dermaßen unwürdig, dass er
kaum aufzublicken wagte. So kurz vor dem Ziel merkte
Bilodo, dass sein Vorhaben, Ségolène die ganze Wahrheit
zu gestehen, seine Kräfte überstieg. Wie sollte er nur
den Mut aufbringen, ihr, ohne vor Scham zu vergehen,
in die Augen zu sehen? Wie sich ihr überhaupt nähern,
ohne zu straucheln? Würde er auf dieser Bank, unfähig
zu handeln, von quälenden Fragen bestürmt und ge-
peinigt, für immer und ewig zusammengekrümmt sit-
zen bleiben? Würde er dort Wurzeln schlagen, wie ein
überdimensionaler, nach und nach von Flechten über-
wucherter Bonsai?

Ein leises Geräusch ließ Bilodo aufhorchen – eine Art
Brummen. Als er aufblickte, sah er einen Kolibri mit
seinem in allen Regenbogenfarben schillernden Feder-
kleid. Kaum größer als ein Daumen, hielt sich der winzige Vogel vor einer Orchidee in der Schwebe, als hinge
er an einem Faden. Der Kolibri sammelte Nektar, indem
er seine Zunge in die Blütenkrone steckte, wobei sei-

ne geisterhaften Flügel mit Überschallgeschwindigkeit schlugen. Es war ein atemberaubender Anblick, beinahe zu wahr, um real zu sein. Am Ende seines Festschmauses aus Nektar verneigte sich der Kolibri ehrerbietig vor der Blüte und verschwand im Wald, worauf Bilodo den Eindruck hatte, soeben ein lebendiges Haiku erlebt zu haben ... Aufgrund dieser plötzlichen Eingebung nahm er seinen Stift in die Hand. Er beugte sich über den Prospekt, den man ihm am Eingang zum Park gereicht hatte, und schrieb:

*Von all diesen Orchideen*
*bist du die schönste*
*Glaub dem Kolibri*

Das war gewiss der beste Weg, nach so langem Schweigen wieder Kontakt zu ihr aufzunehmen. Dieses aus der Not geborene Haiku würde Ségolène an die Wonnen ihrer Korrespondenz erinnern: Nichts würde sie besser darauf vorbereiten, sich anzuhören, was Bilodo ihr zu sagen hatte. Zunächst aber musste das Gedicht in ihre Hände gelangen. Da er sich nicht zu erkennen geben wollte, winkte Bilodo einen aufgeweckt aussehenden Schüler zu sich. Er bat ihn, das Haiku seiner Lehrerin zu geben, und gab ihm für seine Mühe eine Münze. Sobald der Junge ihm den Rücken zugekehrt hatte, eilte Bilodo in den Wald und versteckte sich hinter einem riesigen Farn, um aus sicherem Versteck alles beobachten zu können. Der Schüler überreichte Ségolène den Prospekt. Sie überflog das Gedicht. Sichtlich verblüfft befragte sie den jungen Boten, der ihr die Bank zeigte, auf der Bilodo eben noch gesessen hatte. Ségolène sah sich um. Von seinem Platz hinter dem Blattwerk aus konnte Bilodo erkennen, wie aufgewühlt die schöne Guadelouperin war. Sie war offenbar genauso durcheinander wie er.

~

Bilodo folgte dem Bus mit den jungen Ausflüglern bis zur Schule und überwachte dann, in seinem Wagen wartend, die Eingangstür. Inzwischen fühlte er sich stark genug, um Ségolène gegenüberzutreten. Er würde ihr den Betrug gestehen, zu dem er gezwungen gewesen sei, und sein Verhalten mit seiner Liebe erklären, die er seit dem ersten Haiku für sie empfinde. Er würde bekennen, dass er ihr gehöre, dass er sie heiraten und mit ihr hier, auf Guadeloupe, leben wolle.

Zwanzig Minuten später tauchte Ségolène auf. Sie hatte ihr Haar gelöst, das als unbändige Mähne, in der sich der Wind fing, locker auf ihre Schultern fiel. Sie ging zu Fuß durch ein Gewirr aus engen Gassen. Bilodo stieg aus seinem Auto und folgte ihr in einiger Entfernung.

Es war ein belebtes Viertel. Zahlreiche Bewohner waren verkleidet, weshalb Bilodo mühelos in der Menge untertauchen konnte. Ségolène betrat die große Halle des Marché Saint-Antoine und suchte sich ihren Weg zwischen den bunten, wohlriechenden Auslagen mit dem Obst und Gemüse, den Fruchtsäften und Gewürzen, Wellensittichen, Besen und verschiedensten Arzneien, die jede erdenkliche Krankheit zu heilen vermochten. Anmutig schlenderte sie umher, wog eine Sternfrucht in der Hand, wählte Kochbananen und handelte den Preis für ein Bund Petersilie aus. Sie wirkte weniger unbeschwert als in Bilodos Träumen: Da sie sich beobachtet fühlte, blickte sie sich immer wieder um. Der Junge hatte ihr gewiss den Urheber des Kolibri-Haikus beschrieben; sie wusste, dass es sich nicht um Grandpré handeln konnte, und fragte sich vermutlich besorgt, wer wohl dieser unbekannte Verehrer war, der ihre Schwäche für die japanische Dichtkunst kannte.

Als sie ihre Besorgungen erledigt hatte, verließ Ségolène eiligen Schrittes die Markthalle, sodass Bilodo sie um ein Haar in der Menge verloren hätte. Er folgte ihr mit gesteigerter Wachsamkeit und erkannte schon bald die Grünanlage vor ihrem Haus wieder. Zu dieser Stunde waren überall ausgelassene Kinder und Erwachsene zu sehen, die sich einen Moment abendlicher Muße gönnten. Ségolène durchquerte den Park. Um sich ihr, bevor sie ihr Zuhause erreichte, in den Weg stellen zu können, nahm Bilodo eine Abkürzung. Doch als er nur noch ein paar Schritte von Ségolène entfernt war, blieb sie stehen, beugte sich herab und nahm zwei kleine Jungen, die ihr entgegengelaufen waren, zärtlich in die Arme. Bilodo erstarrte und redete sich sogleich ein, es seien gewiss zwei Nachbarskinder, die sie gut kannte oder auf die sie hin und wieder aufpasste. Da erhob sich von einer nahen Bank ein hochgewachsener Einheimischer, ging auf Ségolène zu und küsste sie mit eindeutiger Zärtlichkeit. Ein Blitz, der in diesem Moment auf Bilodo niedergefahren wäre, hätte ihn nicht heftiger treffen können. »Sie ist verheiratet! Hat eine Familie!«, erkannte er, entsetzt angesichts dieser Idylle, die in seinen Augen eher der Bosch'schen *Hölle* glich.

Der Vater hob die beiden Kleinen in die Höhe und trug die zappelnde, kichernde Ladung vergnügt Richtung Haus. Bevor Ségolène ihnen folgte, wandte sie sich instinktiv um und sah einen zur Statue erstarrten Bilodo vor sich. Ihre Blicke verschmolzen. Bilodo hatte das Gefühl, direkt in Ségolènes Seele zu tauchen und sie sofort zu erkennen, alles über sie zu wissen. Und er spürte, dass es auf Gegenseitigkeit beruhte, dass auch sie ihn in seinem Innersten erkannte, dass er vor ihr ganz nackt war und sie ahnte, dass er der eigentliche Briefpartner war, der ferne Freund, der zärtliche poetische Liebhaber – aber auch der Lügner, der Usurpator, der Verrückte. Es schien unwahrscheinlich, doch dieser eine Blick hatte ausgereicht, um alles zwischen ihnen zu klären, ohne dass auch nur ein einziges Wort gefallen wäre.

»Ich komme ...«, stammelte Bilodo.

Ségolène war in Abwehrhaltung. Er hätte sie gern beruhigt, ihr etwas Freundliches gesagt, aber ihm fiel nichts ein. Ségolène sah zu ihrem Mann, der noch nichts bemerkt hatte und sich mit den Kindern entfernte, dann sagte sie in flehendem Tonfall zu Bilodo:

»Gehen Sie. So gehen Sie doch.«

Bilodo war am Boden zerstört.

Hätte er sich nicht Ségolène zu Füßen werfen, sie anflehen müssen, ihn zu lieben, ihm mit ihren Kindern zu folgen, mit ihm in Montreal zu leben?

»Ich bitte Sie«, sagte Ségolène.

Wie durch ein Wunder gelang es Bilodo, sich zu fangen. Da er wusste, dass er nur dann die Kraft hätte, Ségolènes Aufforderung nachzukommen, wenn er sich auf der Stelle von ihr löste und sich unverzüglich auf den Weg machte, wandte er sich um und ging fort. Immer schneller. Schließlich rannte er.

Er weinte.

# 19

Am frühen Abend setzte Tanja ihren Fuß auf das Rollfeld von Pointe-à-Pitre. Vom Taxi aus versuchte sie vergeblich, Bilodo zu erreichen. Da er sieben Stunden zuvor gelandet war, hatte er genug Zeit gehabt, Ségolène zu suchen und sie auch zu finden. Auf einmal war sich Tanja nicht mehr sicher, ob es eine so gute Idee gewesen war, eine E-Mail vom Flughafen in Montreal an die Guadelouperin zu schicken, in der sie die Wahrheit über Bilodo offenbart und sein Kommen angekündigt hatte. Dank dieser Denunziation war Bilodo vermutlich ein feindseliger Empfang beschert worden. Inzwischen hasste er sie wahrscheinlich zutiefst. Wie würde er reagieren, wenn er bemerkte, dass sie ihm nach Guadeloupe gefolgt war?

Die Stadt pulsierte im Rhythmus des Karnevals. Tanja ließ sich, ohne dem allgemeinen Trubel Beachtung zu schenken, vor ihrem Hotel absetzen, wo sie sich eine Dusche gönnte. Als sie aus dem Bad kam, fand sie eine Nachricht vor – von Ségolène: »Habe Ihre Nachricht erhalten. Habe Ihren Freund Bilodo heute getroffen. Rufen Sie mich an.«

~

Saftige Früchte, zum Anbeißen schön, das waren Ségolènes Lippen. Die Guadelouperin betrachtete ein Foto auf Tanjas Handy. Darauf sah man Bilodo und Tanja, beide lächelten – ein Selfie, das sie erst vor Kurzem während eines Spaziergangs in Vieux-Montréal auf der Place d'Armes gemacht hatte.

Die beiden Frauen saßen in einem Lokal und hatten sich über all die ungewöhnlichen Ereignisse, die sie hier und jetzt zusammengeführt hatten, ausgetauscht. Tanja hatte staunend vernommen, dass Ségolène verheiratet war und Kinder hatte und eine Art poetischen Ehebruch begangen hatte. Sie war also alles andere als eine Heilige. Die Farbe blätterte von der Ikone, und darunter trat das Bildnis einer zur Sünde fähigen und demnach ganz und gar menschlichen Frau zutage – eine Enthüllung, die für Bilodo, der sich auf einmal mit dem Undenkbaren konfrontiert sah, traumatisch gewesen sein musste. Wodurch Tanjas Chancen, ihn zurückzugewinnen, nur stiegen, vorausgesetzt, sie fand heraus, wo er sich verkrochen hatte. Ségolène beteuerte, sie habe nicht die geringste Ahnung: »Mir ist schleierhaft, wohin er nach unserer Begegnung gegangen sein mag.«

Noch ganz im Bann der wasserblauen Augen der Guadelouperin musste Tanja zugeben, dass die von ihr so beneidete Rivalin alles andere als eine Gegnerin war.

Ein auffallendes Duo waren sie, sie, die blasse Schlumpf-
fine, und diese große dunkelhäutige Frau. Sozusagen
die zwei Gesichter von Bilodos Liebe, die entgegen allen Erwartungen unter diesen außergewöhnlichen Umständen einander gegenübersaßen. Während die Guadelouperin weiterhin unverwandt auf das Foto starrte,
stellte sie fest, wie glücklich die beiden aussahen. Tanja
betrachtete sich auf dem Bildschirm, wie sie lächelte –
Bilodo hatte den Arm um sie gelegt: glücklich, ja, das
waren sie gewesen. Eine kleine Weile. Und sie wandte
sich ab, da sie den Tränen nahe war.

»Sie lieben ihn, nicht wahr?«, fragte Ségolène gerührt.

»Ja, aber er liebt Sie.«

»Das kann nicht sein. Er kennt mich doch gar nicht.«

»Er kennt Sie über Ihre Gedichte.«

»Ich wusste doch noch nicht mal, dass Bilodo überhaupt existiert«, entgegnete die Guadelouperin. »Ich
dachte, ich würde an Gaston schreiben.«

»Waren Sie in Gaston Grandpré verliebt?«

»Ich dachte, ich sei es. Aber ich habe mich getäuscht«,
gestand Ségolène.

»Was wollen Sie damit sagen? All die schönen Dinge,
die Sie ihm geschrieben haben, die Gefühle, die Sie angeblich für ihn empfanden ...«

»Das waren doch nur Worte, Poesie.«

»Das verstehe ich nicht«, fuhr Tanja auf. »Wenn Sie
Grandpré nicht geliebt haben, warum haben Sie ihm
dann vorgeschlagen, nach Montreal zu kommen? Warum wollten Sie diese Reise auf sich nehmen?«

Ségolène trank einen Schluck Sangria und sagte schließlich in vertraulichem Tonfall:

»Ich habe Gaston über eine Website für japanische Dichtkunst kennengelernt, auf der ich einige Haikus veröffentlicht hatte«, erzählte sie. »Er nahm Kontakt zu mir auf. Er schrieb mir, meine Gedichte würden ihm gefallen, und fing an, mir seine eigenen zu schicken, die ich sehr schön fand. So nahm unsere Korrespondenz ihren Anfang. Zuerst war es bloß ein angenehmer literarischer Zeitvertreib für mich und meinen kanadischen Brieffreund. Und eine ganze Weile blieb es auch dabei: ein bloßer Austausch von Gedichten zwischen Freunden. Bis zu dem Tag, als die Krise ausbrach, im vergangenen Jahr ...«

»Welche Krise?«, fragte Tanja.

»Ich habe herausgefunden, dass mein Mann mich mit einer meiner Freundinnen betrogen hatte. Er hatte die Affäre zwar schon vor geraumer Zeit beendet, aber ich konnte es trotzdem nicht einfach so hinnehmen: Ich war verletzt, aufgebracht. Ich konnte ihn nicht länger in meiner Nähe ertragen. Ich habe ihn vor die Tür gesetzt und war allein mit meinen Kindern, was mich, ehrlich gesagt, ganz schön deprimiert hat. In der Zeit haben sich Gastons Haikus auf einmal verändert. Man hätte meinen können, dass er ahnte, wie unglücklich ich war, und mir näherzukommen versuchte. Jedenfalls war der Tonfall seiner Haikus plötzlich ein anderer.«

»Das war bestimmt Bilodo, nachdem er an die Stelle von Grandpré getreten war. Haben Sie denn nicht vermutet, dass der Autor der Haikus inzwischen ein anderer sein könnte?«

»Keineswegs. Wie auch? Ich war zwar ein wenig überrascht, habe aber mitgespielt, und kurz darauf hat unser Renku einen sehr vertraulichen Tonfall angenommen. Die Gedichte gaben mir Trost, inspirierten mich. Sie waren so leidenschaftlich … Ich habe mich hinreißen lassen. Ich wollte an diese neue Liebe, diese zweite Chance glauben. Ich sah darin die Möglichkeit, ein neues Leben in Kanada zu beginnen. Deshalb habe ich mir vorgenommen, nach Montreal zu reisen. Ich wollte mich vergewissern, dass es für uns tatsächlich eine Perspektive gab, und Gaston wissen lassen, dass ich zwei kleine Kinder habe. Ich habe ihm mein Vorhaben angekündigt, aber …«

»Er hat nicht geantwortet«, führte Tanja den Satz zu Ende.

»Ich wusste ja nicht, dass Gaston einen Unfall hatte und Bilodo mir schrieb«, fuhr Ségolène fort. »Ich dachte, ich würde Gaston schreiben, und sein Schweigen hat mich irritiert. Ich habe es als Ablehnung gedeutet. Ich nahm an, er wolle sich nicht auf mich einlassen, ich sei zu weit gegangen und hätte ihn verschreckt. Wie sehr habe ich es bedauert, ihm dieses Tanka geschickt zu haben! Aber ich wollte mich nicht aufdrängen. Ich habe seinen Wunsch, die Verbindung abzubrechen, respektiert und schließlich aufgegeben.«

»Das war bestimmt nicht leicht«, sagte Tanja mitfühlend und dachte an ihre eigene Verzweiflung im vergangenen Frühjahr.

»Es gab schwierige Momente«, gestand Ségolène. »Aber letztlich war es gut so. Ich war gezwungen, auf den Boden der Tatsachen zurückzukehren und zu begreifen, dass ich das Wesentliche vernachlässigte: meine Familie. Meine Kinder brauchten mich. Ihr Vater flehte mich an, einen Neuanfang zu wagen. Ich fand die Kraft, ihm zu verzeihen, und erlaubte ihm kurz vor Weihnachten, wieder bei uns einzuziehen. Aurélien ist ein guter Vater. Es wird zwischen uns zwar nie wieder so sein wie zuvor, aber wir haben uns versöhnt. Meine Kinder haben unter unserer Trennung gelitten, und das darf nie wieder passieren. Wir haben zu unserem Familienleben zurückgefunden.«

»Ich freue mich für Sie«, sagte Tanja mit aufrichtiger Anteilnahme.

»Glauben Sie, dass von Bilodo eine Gefahr ausgeht?«, fragte Ségolène besorgt. »Er würde doch meiner Familie nichts antun, oder?«

Tanja beruhigte sie, Bilodo sei harmlos. Aber wer konnte schon ahnen, was sich gerade in seinem überhitzten Kopf abspielte? Tanja fragte per Handy den aktuellen Stand von Bilodos Kreditkarte ab. Sie stellte fest, dass er keinen weiteren Flug gebucht und auch kein Hotelzimmer reserviert hatte. Falls er Guadeloupe nicht schwimmend verlassen hatte, musste er immer noch – gewiss völlig verstört – durch die Stadt geistern. Ségolène trieb ein Telefonbuch auf, und gemeinsam gingen sie systematisch sämtliche Hotels in Pointe-à-Pitre durch, die sie von ihren Handys aus anriefen. Aber der

Name des Flüchtigen stand in keinem Gästeverzeichnis.
»Und nun?«, rätselte Tanja. Sollte sie der Polizei melden, dass ein verzweifelter Mann aus Montreal in der Stadt umherirrte und möglicherweise etwas Ungutes ausheckte? Die Krankenhäuser anrufen? Sich im Leichenschauhaus erkundigen?

»Ich muss ihn unbedingt finden«, beschloss sie.

Ségolène bot ihr an, sie zu begleiten.

~

Zunächst durchstreiften sie das Hafenviertel, in dem an jenem Abend eine hitzige Atmosphäre herrschte, schließlich war es vor Beginn der Fastenzeit die letzte Gelegenheit zu feiern. In den Straßen tummelten sich die Nachtschwärmer, denen Ségolène etwas auf Kreolisch zurief, während Tanja auf ihrem Handy das Selfie von der Place d'Armes aufrief und auf Bilodo deutete. Nachdem sie die Gegend um das Hafenbecken abgesucht hatten, machten sie sich auf zur Place de la Victoire, dem Zentrum des Karnevals, wo die Wogen besonders hoch schlugen. Als Teufelinnen verkleidete Tänzerinnen geleiteten eine gigantische Figur zum Scheiterhaufen: den bösen Vaval. Als Tanja in der Menge, die sich um die Prozession drängte, auf einmal Bilodo zu erkennen glaubte, stürzte sie los, doch es war nur ein französischer Tourist, der ihm entfernt ähnelte. Während die beiden Frauen sich unbeirrbar wie Ameisen einen Weg durch die grölende Menge bahnten, schlugen sie so manche Aufforderung zum Tanz aus und zeigten jedem, der es sich ansehen wollte, das Foto. Aber niemand erkannte Bilodo.

Kurz vor Mitternacht, als der schauerliche Vaval lichterloh brannte, ließen sie sich entmutigt auf den Stufen der Statue von Félix Éboué nieder. Ségolènes Telefon klingelte. Es war ihr Mann, der sich Sorgen machte, weil sie in dieser Nacht allgemeiner Ausschweifungen noch immer unterwegs war.

»Ich muss nach Hause«, sagte sie zu Tanja. »Ich habe morgen früh Unterricht.«

Tanja, die seit sechsunddreißig Stunden auf den Beinen war, spürte auf einmal, wie erschöpft sie war. Die Wahrscheinlichkeit, Bilodo wiederzufinden, indem sie aufs Geratewohl umherirrte, schien verschwindend gering zu sein. Sie beschloss, ihre Nachforschungen zu unterbrechen. Ségolène bedauerte, dass sie nicht mehr für sie hatte tun können, und begleitete sie zu ihrem Hotel. Tanja entschuldigte sich dafür, sie in dieses absurde Abenteuer hineingezogen zu haben.

»Es ist ja nicht Ihre Schuld«, antwortete Ségolène. »Kümmern Sie sich um Bilodo und halten Sie mich bitte auf dem Laufenden, ja?«

Die Guadelouperin umarmte Tanja wie eine Schwester und stieg in ein Taxi. Gerührt sah Tanja das Taxi davonfahren. Sie betrat das Hotel und ging auf ihr Zimmer.

»Nur ein Wort, ich flehe dich an«, schrieb sie an Bilodo, nicht wirklich überzeugt, eine Antwort zu bekommen. Es kam auch keine. Tanja legte sich ins Bett. Sie konnte kein Auge zutun und lauschte dem Lärm des

Karnevals, der durch das halb geschlossene Fenster drang. Der Sekundenzeiger guillotinierte erbarmungslos die Minuten, und Tanja drehte und wendete sich in ihren Laken, beherrscht von der Befürchtung, Bilodo könne sich etwas antun. Ein Bild ließ sie nicht los: die Schlinge, die in Grandprés Wohnung von der Zimmerdecke baumelte ...

»Grandpré?«, schoss ihr plötzlich durch den Kopf.

Tanja stand auf. Sie ging zur Rezeption und lieh sich das Telefonbuch aus, um erneut die Liste der Hotels in Pointe-à-Pitre durchzugehen, wobei sie sich dieses Mal nach einem Gast namens Gaston Grandpré erkundigte.

Beim siebzehnten Anruf war ihr das Glück gewogen.

# 20

Es war noch dunkel, als Tanja das »Hôtel Midas« betrat, ein drittklassiges Etablissement. Der verschlafene Portier nannte ihr die Nummer des Zimmers, in dem Gaston Grandpré untergebracht war. Tanja fragte sich, was Bilodo wohl dazu bewogen haben mochte, noch einmal die Identität des Mannes mit der roten Nelke anzunehmen, stieg die Treppe hinauf und lauschte an der Tür. Nichts zu hören. Sie klopfte leise an. Noch immer nichts. Die Tür war nicht verriegelt. Tanja tastete sich im Halbdunkel eines schäbigen, nach Alkohol und Erbrochenem riechenden Zimmers vor und stieß mit dem Fuß gegen eine leere Flasche, die über den Fußboden rollte. Sie fand Bilodo auf dem Bett. Er war am Leben, doch nicht bei Bewusstsein. Tanja öffnete die Balkontür, um ein wenig Luft hereinzulassen, dann beugte sie sich über Bilodo, dem es offenbar gar nicht gut ging. Er wollte partout nicht aufwachen. Als Tanja merkte, dass er fieberte, holte sie etwas Wasser.

Nachdem Tanja Bilodo ein wenig erfrischt hatte,

schickte sie Ségolène eine SMS, um sie wissen zu lassen, dass sie den Ausreißer gefunden habe. Kurz darauf antwortete die Guadelouperin und bat darum, ihr zu sagen, wie es um Bilodo stehe. Tanja hatte jedoch nicht gerade Erbauliches zu berichten: Bilodo öffne nur hin und wieder die Augen, ohne wirklich zu sich zu kommen – er stammle ein paar zusammenhanglose Worte, übergebe sich und sinke dann erneut in einen Dämmerzustand.

In den folgenden Stunden kümmerte sich Tanja um Bilodo, betupfte seine Schläfen mit kaltem Wasser, kühlte seine glühend heiße Stirn und ertrug in aller Gelassenheit die in dem Hotel herrschende erstickende Hitze, eine Klimaanlage gab es nicht. Am Abend stieg Bilodos Fieber plötzlich weiter an. Er delirierte, redete ungereimtes Zeug über Orchideen und Kolibris. Er griff nach Tanjas Handgelenk, die er möglicherweise für Ségolène hielt, und stammelte etwas, das wie ein Haiku klang. Dann bäumte er sich unter heftigen Krämpfen auf. Bilodo wand sich wie einer jener Heroinsüchtigen auf Entzug, die Tanja in einem Dokumentarfilm im Fernsehen gesehen hatte. Sein Zustand wurde dermaßen besorgniserregend, dass sie kurz davor war, den Notarzt zu rufen, doch nach einer Weile entspannte er sich und wurde allmählich ruhiger. Sein Fieber sank, und er schlief ein, lag friedlich da. Tanja atmete auf und ging rasch unter die Dusche. Dann legte sie sich neben Bilodo, fest entschlossen, über ihn zu wachen, bis sie mit ihren Kräften am Ende wäre.

~

Grandpré saß in seinem roten Kimono an seinem Lieblingstisch im »Madelinot«. Er schenkte sich mit gekonnten Bewegungen Tee ein und sagte:

So wie das Wasser
den Felsen umspült
verläuft die Zeit in Schleifen

Warum nur rezitierte er jenes Bilodo so vertraute Haiku? Grandpré nippte an seinem Tee und lächelte wissend, und ... Bilodo öffnete die Augen. An der Zimmerdecke mühte sich ein träger Ventilator damit ab, die Luft umzuwälzen. Bilodo lag, wie er feststellte, auf einem klammen Bett, in einem stickigen Zimmer. Er hatte keine Ahnung, wie er hierhergekommen war. Mit aller Kraft versuchte er sich zu erinnern, dann fiel ihm ein, dass er gerannt war, geweint hatte, lange in Tränen aufgelöst gerannt war. Schließlich war er ziellos durch die schwelenden Ruinen seiner unsinnigen amourösen Ambitionen gestolpert.

*Lebe wohl mein guter Stern*
*du Allerliebste*
*adieu mein Leben*

In seiner Verzweiflung war Bilodo durch das ausgelassene Pointe-à-Pitre geirrt, und die Szenerie der tropischen
Stadt, von der er sich aus der Ferne, wenn er Ségolène
im Traum vor sich sah, so sehr hatte verzaubern lassen,
hatte ihn in der Realität auf einmal erschreckt. Er hatte
sich in den Mäandern des Karnevals verlaufen, aus allen
Flaschen, die man ihm reichte, getrunken, hatte gesun-
gen, geweint und immer weiter getrunken, bis er völlig
berauscht war. Er erinnerte sich noch daran, die lodern-
de Verbrennung Vavals miterlebt zu haben. Er hatte sich
sogar zum Tanz um den Scheiterhaufen animieren lassen, sich zum Rhythmus der Trommeln und der »Vaval
*kité nou!*«-Rufe, die die entfesselte Menge skandierte,
bewegt. Da er wusste, dass diese Verbrennung die Läu-
terung der Seele symbolisierte, hatte er den niederträch-
tigen Vaval beneidet, der auf diese Weise trotz seiner
zahllosen Sünden eine rasche Erlösung erfuhr. Bilodo
erinnerte sich daran, dies als ungerecht empfunden zu
haben: Da er zu gern selbst von den sühnenden Flam-
men verzehrt worden wäre, hatte er versucht, sich ins
Feuer zu stürzen, doch hatte ihn jemand davon abgehalten – irgendein Nachtschwärmer, der weniger von
Sinnen war als all die anderen? Ein Schutzengel? Danach wurde alles immer nebulöser: Die Bilder waren
verschwommen, verzerrt. Wie Caligari auf der Flucht
war er durch eine expressionistische Nacht geirrt und in
eine Welt gestolpert, in der nichts von Bestand war …

Jemand hatte ihn nach seinem Namen und nach seinem Pass gefragt. Der Direktor der Schule Fernande-

Bonchamps? Nein, das war viel später, an der Rezeption des Hotels. Sein Pass steckte nicht mehr in seiner Tasche – verloren oder gestohlen. Was seinen Namen betraf … so musste er sich wohl oder übel eingestehen, dass er sich nicht mehr an ihn erinnerte. »Wer bin ich?«, hatte er sich laut lachend gefragt, weil ihn die Vorstellung, auf eine derart elementare Frage keine Antwort geben zu können, amüsierte. In einem Spiegel an der Wand der Rezeption hatte er dann ein Gesicht erblickt, das ihm bekannt vorkam – was das Normalste auf der Welt war, schließlich war es sein eigenes: das vertraute, bärtige Gesicht eines Geistes, der niemand anderer war als er selbst. »Ich heiße Gaston Grandpré«, hatte er gesagt und auf den Empfangstresen ein Bündel Dollarscheine gelegt.

Bilodo wurde durch eine deutlich spürbare Bewegung jäh aus seinen gespenstischen Erinnerungen gerissen. Das Bett knarrte, bewegte sich leicht. Er war nicht allein. Neben ihm, mit dem Rücken zu ihm, schlief eine Frau. Eine Frau, die nicht Ségolène war, da sie blondes Haar hatte und ihre Haut perlmuttfarben schimmerte. Es war Tanja, sie trug nur Unterwäsche. Wie war sie bloß hierhergeraten? Und was hatten sie beide in diesem Bett zu suchen?

Verwundert stand Bilodo ganz vorsichtig auf, um Tanja nur ja nicht zu wecken, und schloss sich in dem kleinen Bad ein. Weil er auf einmal sehr durstig war, trank er direkt aus dem Wasserhahn und spülte lange und ausgiebig seinen Mund, um den unangenehmen

Nachgeschmack loszuwerden. Er wagte kaum, einen Blick in den Spiegel zu werfen, aus Angst, darin Grandprés Gesicht zu sehen, doch zeigte sich der Verstorbene nicht, da er wahrscheinlich anderweitig im Jenseits beschäftigt war. Bilodo ging wieder in das Zimmer zurück. Sollte er nicht ausnutzen, dass Tanja schlief, und sich klammheimlich davonmachen? Beim Anblick der jungen Frau stellte er verwundert fest, dass er sie keineswegs verabscheute. Er war nicht einmal mehr wütend auf sie. Der Zorn, den Tanjas Verlogenheit in ihm geweckt hatte, war auf unerklärliche Weise verflogen. Bilodo staunte über seine eigene Großmut. Um frische Luft zu schnappen, trat er auf den kleinen Balkon, der auf den Hafen ging.

Vom Meer wehte eine angenehme Brise herüber. Es war noch früh. Bilodos Gedanken galten Ségolène. Sie waren von einer irritierenden Unbeschwertheit. Wie war es nur möglich, dass er mit einer derartigen Gleichgültigkeit an sie denken konnte, als gehörte die Geschichte längst der Vergangenheit an? Der verrückte Tag, an dem er Ségolène quer durch Guadeloupe nachgestellt hatte, bis zu ihrer schockierenden Begegnung, all das schien auf einmal einem früheren Leben anzugehören. Was war nur aus seiner Leidenschaft geworden, die ihn über das weite Meer zu ihr getragen hatte? Was war mit ihm geschehen?

All das, was Bilodo erlebt hatte, seitdem sein Gedächtnis durch das Zitrusaroma neu belebt worden war, war kaum beständiger als ein Traum. Und dank seines wiedererwachten Bewusstseins erkannte er, dass es genau das war – die Liebe zu Ségolène war nicht mehr als ein Traum, aus dem er endlich erwacht war.

Ségolène hatte ihn nie geliebt. Und er sie auch nicht wirklich. Er hatte sich alles bloß eingebildet, weil er unbedingt verliebt sein wollte, dabei war er einzig und allein in die Liebe selbst verliebt gewesen. Das Ganze war nur ein Trugbild, ein überwältigender Traum, eine unwiderstehliche Obsession, die er bis zum Ende hatte ausleben müssen, wobei er die Grenzen zum Wahnsinn überschritten und zugelassen hatte, dass sich die Dinge verselbstständigten, bis alles entgleiste. Und nun, da er sich wie ein elender, jämmerlicher Vaval vollends verzehrt hatte und geläutert aus seiner Asche zu neuem Leben erwachte – da er die Welt mit neuen Augen sah –, befand sich auf einmal Tanja an seiner Seite.

Bilodo ging zurück ins Zimmer. Tanja schlief tief und fest, und er fand sie schöner noch als in jener Nacht vor nicht allzu langer Zeit, als er sich in ihr Zimmer geschlichen und sie lange betrachtet hatte, während sie schlief. Es war, als würde die Zeit auf einmal eine jener poetischen Schleifen vollziehen, die Grandpré so viel bedeutet hatten, und Bilodo in ebenjenen geistigen Zustand zurückversetzen, jenen Moment der nächtlichen Anbetung in Tanjas Zimmer, als sein Gedächtnis noch nicht wiedererwacht war und er noch nichts von dem Verrat ahnte. Sie hatte ihn zwar getäuscht, aber auch er hatte sich etwas vorgemacht, und zwar aus demselben Grund – aus Liebe: Deshalb war sie ihm gefolgt, deshalb lag sie dort, in diesem schäbigen Bett, trotz allem, was Bilodo ihr zugemutet hatte.

Ségolènes Liebe war nur ein Traum gewesen, die von Tanja indessen war echt: Das erkannte Bilodo auf einmal, und diese bedeutsame Feststellung sprengte den letzten Damm um sein Herz und setzte einen reißenden Strom von Emotionen frei. Während er die schlafende Tanja betrachtete, bewunderte er die feine Zeichnung ihrer Lippen, die harmonische Wölbung ihrer Hüfte, die zarte Rundung ihrer zierlichen Zehen und staunte darüber, wie schön sie war, wie überaus real.

Tanja bewegte sich im Schlaf und drehte sich auf den Rücken. Dadurch rutschte ihr Oberteil, das sich über ihrer Brust spannte, nach oben und entblößte ihren von einem goldenen Flaum gesäumten Nabel. Bei diesem Anblick wurde Bilodo schwach …

~

Tanja hatte einen höchst aufregenden Traum. Sie träumte, in Bilodos Armen zu liegen. Es war überwältigend. Alles schien so echt und intensiv: Unglaublich real war dieser erotische Traum. Und zwar so real, dass Tanja auf einmal zweifelte, ob es sich überhaupt um einen Traum handelte, und im Moment höchster Wonne begriff, dass sie gar nicht schlief, sondern wach war – dass er es war!

An jenem Morgen registrierten die Seismografen auf Guadeloupe um 7:36 Uhr ein leichtes Erdbeben, dessen Epizentrum das Hafenviertel von Pointe-à-Pitre war.

Die Hunde bellten zu Hunderten im Chor, und die Tauben erhoben sich zu Tausenden gleichzeitig in die Lüfte, während ganze Schwärme aufgescheuchter Fledermäuse aus den Glockentürmen und Dachluken schossen und einen Moment lang den Himmel verdunkelten. Manche Einwohner waren beunruhigt und sahen darin die Vorzeichen eines bevorstehenden Ausbruchs des Vulkans Soufrière – doch die Katastrophe blieb aus. Nur wenigen wäre es in den Sinn gekommen, eine Verbindung zwischen diesen Vorkommnissen und einem ebenso ungewöhnlichen Phänomen zu sehen: Mehrere Dutzend Delfine und drei kleine Wale wagten sich bis ins Hafenbecken vor, wo sie unterhalb der Kais herumtollten. Was mochte sie auf einmal zum Festland ziehen? Vierzehn Meter weiter, in Zimmer 306 des »Hôtel Midas«, lag Tanja, schluchzend vor lauter Glück, in Bilodos Armen, der ebenfalls weinte.

# 21

Nach ihrer Rückkehr aus Guadeloupe konnten Bilodo und Tanja es kaum erwarten, endlich das Bett einzuweihen, das sie bisher noch nicht miteinander geteilt hatten. Dann liebten sie sich, unersättlich, und hielten nur inne, um über das zu reden, was ihnen widerfahren war, über das ganze Glück, das sie erlebten, über das, was sie voneinander wussten und nicht wussten. Tanja war begierig zu hören, was Bilodo widerfahren war, und er schilderte ihr den seltsamen psychologischen Prozess, über den er sich in jenen Doppelgänger Gaston Grandprés verwandelt hatte, der ihr Ende August auf der Treppe begegnet war:

»Du hast mir an dem Tag zwei Mal das Leben gerettet: das erste Mal, als dein Besuch mich davon abgehalten hat, mich zu erhängen, und das zweite Mal nach dem Unfall, als du mich wiederbelebt hast«, schloss er, worauf er seine Aussage mit allen erdenklichen Beweisen der Dankbarkeit, die Tanja sich nur wünschen konnte, bekräftigte.

Am darauffolgenden Tag gingen sie zu Noémie, um Bill nach Hause zu holen, und trafen ihn dort in Begleitung einer hinreißenden Artgenossin mit Glubschaugen an. Um Bill die Zeit zu vertreiben, hatte Noémie ihm eine Freundin besorgt, der es zu verdanken war, dass er sich offenbar so wohl fühlte wie ein Fisch im Wasser. Noémie lud die beiden Verliebten in ihr Wochenendhaus in den Laurentinischen Bergen ein und wollte ihnen sogar ihr Auto zur Verfügung stellen. Tanja und Bilodo nahmen ihr Angebot nur zu gern an, da sie sich keine schönere Art und Weise vorstellen konnten, das Ende des Winters zu erleben, und quartierten sich gleich am nächsten Tag mitten in der Wildnis ein.

Es war ein eingeschneites kanadisches Blockhaus wie aus dem Bilderbuch. Sie hatten eigentlich vor, die frische Luft zu genießen, Ski zu fahren und auf Schneeschuhen ausgiebig durch die Wälder zu wandern, aber tatsächlich fanden ihre sportlichen Ertüchtigungen überwiegend im Haus statt. Tanja war wunschlos glücklich und hoffte nur, dass nichts ihre Zurückgezogenheit stören würde; sie wünschte sich nichts anderes, als dass sich die süßen Momente ihres gemeinsamen Lebens in diesem Schneeparadies bis in alle Ewigkeit fortsetzen würden. Sie liebten sich mit solcher Leidenschaft, dass rund um das Haus ein vorzeitiger Frühling ausbrach: In einem Umkreis von fünfzehn Metern schmolz der Schnee, und die ersten Blumen steckten ihre Köpfe heraus.

~

Unbemerkt war der März herangekommen. Für Bilodo
war es an der Zeit, wieder zu dem Briefträger zu werden,
der er in seinem Innersten immer geblieben war. Tanja
beugte sich wohl oder übel den Tatsachen und bedauerte, das behagliche Nest, das sie sich in den Laurentinischen Bergen geschaffen hatten, verlassen zu müssen. Andererseits gab es für sie aber auch keinen Grund
mehr, sich vor der Rückkehr nach Montreal zu fürchten.
Schließlich hatte sie nichts mehr zu verbergen.

Bilodo zog gut gelaunt seine Uniform an. Man hatte ihm wieder seine übliche Runde in Saint-Janvier zu-
geteilt, und als er am ersten Tag gegen Mittag das »Madelinot« betrat, staunte er nicht schlecht, als hinter der
Theke niemand anderes als Tanja stand, die von Monsieur Martinez ohne Zögern wieder eingestellt worden
war. Sie machten sich einen Spaß daraus, so zu tun, als
wären sie noch immer genauso schüchtern wie früher,
und genossen die kleine Inszenierung, auch wenn sie
nicht ganz vollständig war: Es fehlte der ein oder andere
Hauptdarsteller, wie etwa Grandpré, der Mann mit der
roten Nelke, und Robert, der in einen anderen Zustell-
bereich versetzt worden war.

Bilodo war froh, wieder zu arbeiten, und Tanja stellte
zufrieden fest, dass er sich zu keiner postalischen Indis-
kretion mehr hinreißen ließ: Offenbar empfand er nicht
länger das Bedürfnis, das Leben eines anderen zu leben.
Ihr gemeinsames Glück schien dermaßen vollkommen,
dass Tanja von einer leisen Unruhe erfasst wurde, da
sie sich den Launen eines Schicksals, das ihr so oft übel

mitgespielt hatte, nur ungern bedingungslos anvertrau-
te. War Bilodo wirklich ganz von Ségolène geheilt? Er
behauptete zwar, dass sie ihm nichts mehr bedeute, doch
ihre Zweifel waren zu groß; Tanja konnte nicht umhin,
sich insgeheim vor einem nach Zitrusaroma duftenden
Brief zu fürchten. Bilodo schwor, in seinem Herzen sei
nur Platz für sie, und beschloss, als Beweis seiner Liebe
die Haikus zu vernichten: Dann wüsste sie ein für alle
Mal, dass Ségolène der Vergangenheit angehörte.

Sie holten den Karton mit den Haikus von Noémie,
und Bilodo entfachte ein Feuer im Kamin. Unter den
ersten Papieren, die er dem Karton entnahm, befanden
sich der Verlagsvertrag, den Tanja nicht unterzeichnet
hatte, sowie das Manuskript von Grandprés poetischem
Werk *Enso*. Bilodo warf einen Blick in den Band mit
den Haikus und starrte wie gebannt auf den schwarzen
Kreis, der dessen erste Seite schmückte.

»Was ist?«, fragte Tanja.

»Dieses Wort, *Enso* …«

»Der Titel des Gedichtbandes?«

»Es ist das letzte Wort, das ich gesagt habe, bevor ich
gestorben bin«, eröffnete ihr Bilodo.

»*Enso*? Was heißt das?«

»Dieses Wort hat mich nicht mehr losgelassen, seitdem ich es zum ersten Mal gehört habe. Ich bin ihm
nachgegangen. Es handelt sich um einen japanischen
Begriff für den Kreis, der auf dem Deckblatt des Manuskripts zu sehen ist«, erläuterte er.

Bilodo erklärte ihr, *Enso* sei ein traditionelles buddhistisches Symbol für die mentale Leere, über die allein man zur Erleuchtung gelange. Dieser Kreis, der von den Zenmeistern seit Jahrhunderten mit einem einzigen Pinselstrich gemalt werde, sei eine spirituelle Meditationsübung über das Nicht-Sein und gebe Aufschluss über die seelische Verfassung des Künstlers: Ein überzeugendes, ausgewogenes *Enso* lasse sich nur mit einem klaren Geist, frei von jeglichem Denken oder Wollen, herstellen. Bilodo fügte noch hinzu, der Zenkreis stehe zudem für Perfektion, Wahrheit, Unendlichkeit, den Lauf der Jahreszeiten, das Rad, das sich um sich selbst drehe. Alles in allem symbolisiere *Enso* die Schleife, das zyklische Wesen des Universums, den ewigen Neubeginn, die immerwährende Rückkehr zum Ausgangspunkt – in der Hinsicht gleiche es dem griechischen Symbol der Schlange Ouroboros, die sich in den eigenen Schwanz beiße. Um das Ganze zu veranschaulichen, blätterte Bilodo in Grandprés Manuskript und wies Tanja darauf hin, dass ein und dasselbe Haiku den Band einleite und beschließe:

So wie das Wasser
den Felsen umspült
verläuft die Zeit in Schleifen

Tanja musste zugeben, dass diese Dopplung kein Zufall sein konnte. Die Wiederholung des ersten Gedichts am

Schluss, was an sich schon ein kreisförmiges Bild heraufbeschwor, verbunden mit dem Titel *Enso*, waren eine Aufforderung an den Leser, das Werk immer wieder neu zu lesen. Aber was hatte das mit Bilodos Unfall zu tun?

»Warum hast du dieses Wort ausgesprochen, bevor du … das Bewusstsein verloren hast?«

Das flackernde Kaminfeuer spiegelte sich in Bilodos Pupillen, als er schilderte, wie er an jenem Tag gestorben war. Wie er sich beeilt habe, um das Haiku, mit dem er Ségolène nach Montreal einlud, möglichst schnell auf den Weg zu bringen, trotz des Unwetters das Haus verlassen habe und zum Briefkasten auf der anderen Straßenseite geeilt sei, den Robert bereits hastig leerte, und dann … habe er den Lastwagen nicht nahen sehen. Er erinnere sich nur noch an ein lautes Hupen, gefolgt von einem entsetzlichen Aufprall und einem unerträglichen Schmerz. Robert habe sich über ihn gebeugt. Dann sei ein zweites Gesicht aufgetaucht, das eines Briefträgers, der Robert begleitet habe, das ihm ebenfalls vertraut gewesen sei, allerdings aus einem ganz anderen Grund: Es sei sein eigenes gewesen. Das Gesicht eines Bilodo, der er einst gewesen sei; sein perfekter Doppelgänger … Durch welche Hexerei war es möglich gewesen, auf dem Asphalt zu liegen und sich zugleich von dort oben selbst zu betrachten? Die Antwort habe sich gewissermaßen in ihm geformt, eine innere Stimme habe ihm jenes Haiku zugeflüstert:

So wie das Wasser
den Felsen umspült
verläuft die Zeit in Schleifen


Da sei ihm ein Licht aufgegangen. Genau das habe sich damals ereignet. Er sei zu Grandpré geworden – zu einem zweiten Grandpré, der in eine metaphysische Falle geraten sei, in der die Zeit durcheinandergewirbelt werde und die Vergangenheit in Schleifen wiederkehre. Die Ähnlichkeit der Umstände, unter denen Grandpré ein Jahr zuvor ums Leben kam, sei doch auffallend? Bis hin zu dem Brief an Ségolène, der ihm genauso entglitten und vom Gully verschluckt worden sei wie zuvor Grandpré.

Natürlich sei das Ganze absurd. Rückblickend betrachtet, sei er sich darüber im Klaren, dass es sich nur um eine Halluzination handeln könne – dass sein vermeintlicher Doppelgänger bloße Einbildung, eine Folge des erlittenen Traumas gewesen sei. Selbstverständlich habe es nie so etwas wie eine Zeitschleife, eine metaphysische Falle oder sonst irgendeinen Fluch gegeben. Und doch erinnere er sich daran, all das im Augenblick seines Todes als ganz und gar logisch empfunden und tatsächlich geglaubt zu haben, er sei zu Grandpré geworden, jenem Mann, mit dem er sich so unbedingt hatte identifizieren wollen. Und in der festen Überzeugung, dazu verdammt zu sein, das höllische Schicksal eines sich bis in alle Ewigkeit wiederholenden Todes immer wieder zu durchleben, habe er sein Leben ausgehaucht und dabei jenes schicksalhafte Wort ausgesprochen: *Enso.*

Bilodo verstummte. Tanja erschauerte unter dem Eindruck seines Berichts, als er plötzlich auflachte:

»Unglaublich, dass man sich so etwas Albernes einbilden kann«, prustete er los.

Bilodo nahm einen Stift und unterzeichnete den Vertrag über die Herausgabe von *Enso,* indem er Grandprés Unterschrift imitierte. Alle übrigen Papiere mitsamt den Gedichten warf er ins Feuer.

~

Tanja und Bilodo heirateten Anfang Juli im Rathaus von Montreal. Als Trauzeugen waren Noémie und Monsieur Martinez zugegen, und auch Odysseus, der Obdachlose, der ihnen eine zahlreiche Nachkommenschaft aus olympischen Halbgöttern wünschte.

Die beiden Frischvermählten flogen noch am selben Abend nach München und verbrachten ihre dreiwöchigen Flitterwochen in Bayern. Bei dieser Gelegenheit lernte Bilodo nicht nur seine Schwiegereltern Bernhard und Hildegard Schumpf kennen, sondern auch die anderen Mitglieder seiner angeheirateten deutschen Verwandtschaft. Tanja zeigte Bilodo voller Stolz die Gegend, in der sie aufgewachsen war, und machte ihn mit deren ungeahnten Reizen vertraut, die ihn immer wieder verzauberten. Onkel Reinhard hatte ihnen wie geplant sein Haus auf dem Land zur Verfügung gestellt, das mit seinen eigenwilligen Giebeln unter jahrhundertealten Tannen stand und einem Märchen der Gebrüder Grimm zu entstammen schien. Hier verbrachten sie die unvergesslichsten Momente ihrer Reise: am Ufer des Starnberger Sees, jenem funkelnden Edelstein im Voralpenland, auf den die junge Sisi, die spätere Kaiserin von Österreich, einst mit dem Ruderboot zum Fischen hinausgefahren war und an dessen Gestaden die kleine Tanja viele Jahre danach so oft davon geträumt hatte, Romy Schneider zu sein.

# 0

Seit einigen Wochen war das junge Paar wieder zurück in Montreal. An einem sonnigen Vormittag im August, als Tanja gerade ihre Einkäufe erledigte, erhielt sie einen Anruf von Madame Brochu. Sie habe soeben vor ihrer Haustür ein Päckchen entdeckt, das, adressiert an Gaston Grandpré, während ihrer Abwesenheit abgegeben worden sei. Da sie nicht wusste, was sie damit anfangen sollte, bat sie Tanja um Rat, die sich schließlich so tatkräftig um die Belange des Verstorbenen gekümmert habe. Die Rue des Hêtres war nur einen Katzensprung entfernt: Eine halbe Stunde später öffnete Tanja unter Madame Brochus wachsamem Blick besagtes Päckchen, das zwanzig frisch gedruckte Exemplare des Bandes *Enso* enthielt: die Belege mit einem Gruß des Verlegers. Auf dem Umschlag des kleinen Buches war die sich in den Schwanz beißende Schlange Ouroboros zu sehen, eine in Tanjas Augen angemessene Illustration – Grandpré hätte sich gefreut.

Madame Brochu war erleichtert, diese seltsamen Bücher loszuwerden, sodass Tanja sich mit zwanzig *Enso*-Exemplaren auf dem Bürgersteig wiederfand. Da sie wusste, dass Bilodo auf seiner Runde kurz vor zwölf Uhr mittags durch die Rue des Hêtres kam, wollte sie ihn überraschen. Sie rief ihn an und lud ihn zum Essen ins gegenüberliegende Café ein – in dem sie im vergangenen September Ségolène hatte erwarten wollen. Tanja ließ sich an einem Tisch auf der Terrasse nieder, bestellte einen Tee und vertrieb sich die Wartezeit damit, in Grandprés Gedichtband zu blättern.


Beim jährlichen Wettrennen
der Oberkellner
läuft ein Flitzer mit


Zwischen der Weisheit
und einem Ausweis
liegt weit mehr als nur ein Aus


Verloren im Gang
des Supermarktes
ein erschrockener Knabe


Großartiger Schwung
Oh! Der vollkommene Schlag
jenes Golfspielers

Tanja hatte im vergangenen Herbst nur einen flüchtigen Blick ins Manuskript geworfen. Es war etwas ganz anderes, die Gedichte in der vom Autor festgelegten Reihenfolge zu lesen, die ihnen gleichsam magische Kräfte verlieh:

Sitzend am Rande
des frischen Grabes
ein alter Mann, der Schach spielt

Im Bauch der Metro
wimmelt es nur so
vor Krebsen auf zwei Beinen

Die Nacht wird dunkler
erdrosselt den Mond
tötet sämtliche Sterne

In der Finsternis
werden die schlimmsten
Gefechte ausgetragen

Nach dem Horizont
hinter die Kulissen späh'n
den Tod umarmen


In düsterem Glanz reihte sich ein Haiku an das nächste,
wie ein Schwarm von Meeresfischen, die von innen heraus leuchten. Je länger Tanja las, desto stärker wurde ihr
Eindruck, sich auf ein geheimes Ziel, einen unausweich-
lichen Endpunkt hinzubewegen. Ein Haiku schwang im
anderen mit. Das erzeugte eine mentale Musik, deren
Rhythmus sie nicht losließ; beim Lesenden entstand der
Eindruck eines Déjà-vu oder vielmehr eines bereits ge-
träumten Traumes. Auf einmal stieß Tanja auf dieses erstaunliche Haiku:


Im Regenschauer
nach dem großen Knall
hauche ich mein Leben aus


Als hätte Grandpré seinen eigenen Tod vorausgeahnt.
Tanja h,ätte es gern als bloßen Zufall abgetan, aber dann
blätterte sie weiter und las:


Dieser Wortklauber
wird auch mein Leben stehlen
dieser Schreitende

Erinnerte einen dieser »Schreitende«, dieser »Wortklauber«, nicht an einen gewissen indiskreten Briefträger?
Konnte Grandpré tatsächlich geahnt haben, dass Bilodo an seine Stelle treten und seine Identität annehmen,
ihm sozusagen sein Leben »stehlen« würde? Aber das
war noch nicht alles, und Tanjas anfängliches Staunen
wandelte sich in Fassungslosigkeit, als sie die folgenden
Gedichte las:


Die trauernde Frau
steckt eine rote Nelke
in den Zuckertopf


Sie liebt insgeheim
Er nimmt sie nicht wahr
schwärmt für ein fernes Lächeln


Er wird nicht sterben
Mit dem Isis-Kuss
rettet sie ihm das Leben


Wie sollte man darin nach wie vor eine Abfolge von Zu-
fällen sehen? Tanja musste sich wohl oder übel eingestehen, dass die schmerzlich vertraute Geschichte, die
die Haikus erzählten, ihre eigene war. Da sie gar nicht

erst versuchen wollte, eine Erklärung für das Ganze zu suchen, las sie weiter und erkannte sich Wort für Wort in der von Grandpré geschilderten Frau wieder.


Ein Traumleben wird
sie ihm erschaffen
und das was war auslöschen


Sie bietet die Stirn
Dämonen von einst
künftigen Schreckgespenstern


Vom Wind getragen
überquert sie die Meere
bis ans Weltende


Da wo Tag und Nacht
sich vereinigen
auf dem Schmetterlingsrücken


Ihre Liebe siegt
im Nu wie ein Flügelschlag
vor dem Unwetter

Dann wird sie wissen
die Zukunft ist gewesen
und wird wieder sein


Nichts entsteht oder vergeht
Unwandelbar ist
nur die Bewegung


Niemand entrinnt je
dem Rad des Schicksals
das sich immer weiter dreht


So wie das Wasser
den Felsen umspült
verläuft die Zeit in Schleifen


Tanja schloss das Buch aus dem Jenseits mit dem prophetischen Unterton. Ihr wurde bewusst, dass sie zitterte. Vor ihr auf der Straße biss sich der Wind in den
Schwanz und wirbelte Zeitungsfetzen und welkes Laub
umher. Der Himmel hatte sich plötzlich zugezogen, jeden Moment konnte ein Gewitter losbrechen. Wieder
hatte sie ein Déjà-vu: Schlagartig begriff sie ..., dass es
»heute« war. Es war auf den Tag genau zwei Jahre her,
dass Grandpré umgekommen war – und ein Jahr, dass

Bilodo um ein Haar derselbe Tod ereilt hätte, in derselben Straße, genau da, wo sie sich mit ihm verabredet hatte.

Ein Donnerschlag krachte über Tanja. Die Schleusen des Himmels öffneten sich, es goss wie aus Kübeln, und auf einmal wusste sie, dass die Vergangenheit sich wiederholen würde, dass die Zeit, die wie das Wasser den Felsen umspült, dabei war, eine neue Schleife zu bilden. Sie griff nach dem Telefon und rief Bilodo an, um ihn zu warnen, ihn anzuflehen, nur ja die Rue des Hêtres zu meiden. Aber sie erreichte ihn nicht.

Der Wolkenbruch nahm sintflutartige Ausmaße an. Tanja verließ die schützende Markise und rannte auf den Bürgersteig, der unter Wasser stand. Sie lief die Straße entlang, in die Richtung, aus der Bilodo vermutlich kommen würde. Als sie ihn nicht entdecken konnte, blieb sie, bis auf die Haut durchnässt, stehen und wandte sich um. Da bemerkte sie Bilodo, der einen anderen Weg eingeschlagen hatte und aus der kleinen Seitenstraße neben Madame Brochus Haus kam. Tanja versuchte, wild gestikulierend auf sich aufmerksam zu machen, und schrie aus voller Kehle, aber das Donnergrollen übertönte ihre Stimme. Bilodo kam über die Straße auf das Café zu. Da tauchte auf einmal der Lastwagen auf.

Jener Lastwagen, der, aus dem Nirgendwo kommend, viel zu schnell fuhr, durch das Unwetter raste. Er würde in wenigen Augenblicken Bilodo mitten auf der Straße erfassen …

Tanja stürzte los.

Sie hörte ein ohrenbetäubendes Hupen, dann spürte sie einen heftigen Stoß. Die Welt drehte sich in Zeitlupe um sie herum, wie in einem Film. Tanja wirbelte durch den Raum, es gab eine weitere Erschütterung, und die Welt drehte sich nicht mehr, fühlte sich unter ihrem Rücken auf einmal ganz hart an.

Es blitzte und donnerte, Regentropfen prasselten wie Geschosse auf ihre Augen. Sie versuchte vergeblich, sich zu rühren. Zwischen den Gewitterhimmel und sie schob sich eine Silhouette. Bilodo beugte sich entsetzt über sie, rief ihr etwas zu. Tanja hörte nichts. Halt, nicht ganz, sie »hörte« ihre innere Stimme: »Was machst du nur, Tanja Schumpf, was liegst du da an der Stelle dieses Mannes auf der Straße? Fürchtest du dich denn nicht vor dem Tod?« Aber Tanja hatte keine Angst. Sie fürchtete sich nicht, da sie endlich begriffen hatte – da sie inzwischen wusste, dass all das einer unerbittlichen Logik entsprang, dass es sich um den ganz natürlichen Ablauf eines Uhrwerks handelte, den sie selbst ein Jahr zuvor ausgelöst hatte, als sie Bilodo, der dem Tod geweiht war, das Leben gerettet hatte. Damit hatte sie die Zeitschleife, in der er gefangen war, unterbrochen und, ohne es zu merken, die Entstehung einer neuen Schleife ausgelöst, die allein durch ihren eigenen Tod geschlossen werden konnte. Auf diese Weise hatte sie den Fluch, unter dem Bilodo stand, auf sich übertragen: So einfach und so schrecklich, aber auch so schön war es.

Bilodo nahm Tanja in die Arme und sagte etwas. Die Worte konnte sie nicht hören, nur erahnen. Wie sehr bedauerte sie, ihn schon jetzt, nach wenigen glücklichen Monaten, verlassen zu müssen. Wie gern hätte sie noch länger mit ihm zusammengelebt und ihn mit Zärtlichkeit überschüttet, von der ihr Herz übervoll war. Gern hätte sie ihm ein Kind geschenkt, einen kleinen Bilodo oder eine kleine Tanja, der oder die mit ihnen die Treppen von Vieux-Québec erklommen und mit Vorliebe deren Stufen gezählt hätte, ohne sich je vor bösen Standseilbahnen zu fürchten. Nichts dergleichen würde nun eintreffen. Und doch nahm Tanja ihr Ende mit aller Gelassenheit hin, war sie leichten Herzens bereit, dieses Opfer auf sich zu nehmen, wenn nur Bilodo verschont bliebe.

Ob er wohl wusste, dass sie für ihn starb? Würde er noch lange an ihre innige Liebe denken? Ihr hin und wieder eine Nelke aufs Grab legen?

Bilodo weinte. Tanja lächelte.

»*Enso*«, flüsterte sie, während sie ihren letzten Atemzug tat.

# Danksagung

Danken möchte ich Hélène Cummings, Camille Thériault, Aldo Guechi, Jacques Lazure, Maria Vieira, Liedewij Hawke, Hella Reese, Saskia Bontjes van Beek, Richard Roy, Pascal Genêt, Hans-Reinhard und Maren Hörl, Louis Saint-Pierre, Kathy Note und Marc Hendrickx, die mir während der Niederschrift dieses Romans geholfen und mich unterstützt haben. Dank gebührt auch Marie Lessard und Daniel Curio von der Vertretung des Freistaats Bayern in Québec.

Die Niederschrift dieses Romans wurde durch ein Stipendium des *Conseil des arts du Canada* großzügig unterstützt.